小説

たった今考えたプロポーズの言葉を君に捧ぐよ。

Instant Propose

[原作] daipo
[著者] 更伊俊介、関根パン、藤崎珠里
[イラスト] moffmachi

Tatta ima Kangaeta Propose no kotoba wo Kimini Sasaguyo

小説

たった今考えたプロポーズの言葉を君に捧ぐよ。

プロポーズ‼
それは最愛の人へ伝える、心からの叫び。
成功すれば幸せを掴《つか》み、失敗すれば地獄を見ることになる……
と言っても過言ではない。
この小説は、そんな人生の大勝負に挑む者たちの
一部始終を記録したプロポーズ短編集である！

小説
たった今考えたプロポーズの言葉を君に捧ぐよ。

Contents

ブックデザイン　musicagographics
イラスト　moffmachi
ゲスト執筆　ニコライ・ポルコフ

おかしなプロポーズ

その1

Tatta ima Kangaeta Propose no kotoba wo Kimini Sasaguyo.

私は、ずっと探している。

自らの空白を埋めてくれるものを、ずっと探し続けている。

一体どれほどの時間、探し続けてきたのだろう。

物心付いた頃から、髪の毛に白いものが混じるようになった今まで、ずっと探し続けている。生まれた国の中を隅々まで探しても見つからず。海を渡って、こんなに遠く離れた場所へ来ても、探しているものは見つからない。

私の探しているものは、本当に存在しているのか。

ひょっとしたら、私の妄想の中にしかないのではないか。

最初から、見果てぬ夢だったのか。

様々な想《おも》いが胸に去来し、この旅路が本当に意味のあるものなのか、分からなくなってくる。

それでも自らを奮い立たせて、歩を進めることを諦めず。

「——これはッ⁉」

小説

たった今考えたプロポーズの言葉を君に捧ぐよ。

そして、見つけた。

私はついに、それと出会うことができたのだ。

「ああああああ‼」

空白がピタリと埋まったのを感じ、思わず歓喜の声を上げる。他の客たちが怪訝《けげん》な目を向けてくるが、知ったことではない。

目を擦《こす》る。頬《ほお》をつねる。しかし、目の前にあるそれは変わらない。

似たものに出会うことは過去にもあった。恐らくは同じような材料を使ったり、同じような製法で調理されたりしたものだったのだろう。

心ない者たちの中には、腹に入れば全て同じだと言う者もいるだろう。

違う。違うのだ。

何よりオーラが違う。

今、私の目の前にあるそれは、口にせずとも分かる、神々しいまでのオーラを放っている。

食べたい。今すぐムシャぶりついて、全身全霊で味わいたい。

しかしその前に、やるべきことがある。

身体中《からだじゅう》を駆け巡る欲求をどうにか抑え込み、震える手で、近くを歩いていたウェイターを呼びつける。

「君、すまないが……シェフを呼んでもらえないか？」

ウェイターは戸惑いつつも、私の願いを聞き入れ、シェフを呼んでくれた。

キッチンから現れたのは女性のシェフだった。出した料理に何か不手際でもあったのかと、少し不安そうな顔をしている。

そんな顔をする必要はない。不手際なんてとんでもない。私は、こんなに素晴らしいものを作ってくれた彼女に、言わなければいけないことがあるのだ。

私は息を吸って、ずっと言いたかった言葉を紡ぐ。

この日のために、心の奥で温めていた言葉を。

「君無しじゃ生きられない。僕に一生、なん作ってくれないか？」

私は彼女に向けて、はっきりとそう告げた。

「……はい？」

彼女は、きょとんとした表情を浮かべたまま答える。

「突然なんなんですか、一体？」

小説

たった今考えたプロポーズの言葉を君に捧ぐよ。

「そうなんだ」

「なん？」

「そう、ナンだ！」

「ナンの話ですか？」

「ナンの話だ！」

私と彼女は、皿の上に載せられたナンを指差しながら、言葉を交わし合う。

若干のすれ違いがあるような気がするのは、私が彼女の言葉を完璧に翻訳できていないせいもあるのだろう。

なぜならここは、ナンの本場であるインドなのだから。

「ナンでプロポーズするんですか？」

「そうナンだ！」

「ナンでですか⁉」

彼女は、まるで理解できないように私を見る。ナンでだろう、私はこれほどまでに彼女の作ったナンを愛しているというのに。

どうやら、私の旅路は、新たなナン所を迎えてしまったようだ。

その2

Tatta ima Kangaeta Propose no kotoba wo Kimini Sasaguyo.

思えば、初めて出会った時から「フラグ」は立ってたんじゃないか。

同じ音楽が好きで、同じ本が好きで、同じゲームが好きで、たまたま住んでる家が近く。子供の頃のあだ名が一緒。実家では私も彼も犬を飼ってた。二人ともお酒は苦手。街で偶然見たことある芸能人は、同じグループのメンバーだった。

些細《ささい》なことばっかだけど、その一つ一つのどれもが、私たちを結びつける運命の予兆だったような気がする。昨日、彼が私に言った言葉で、これまでのフラグは回収されたんだ。

「結婚したいんだ」

そうなればいいなって、最初からぼんやり感じてたし、そうなるんじゃないかなって、近頃は確かに思ってた。

やっと実現した。フラグは折れなかった。まだふわふわした気持ちでいるけど、きっと慣れていくんだろう。

小説

たった今考えたプロポーズの言葉を君に捧ぐよ。

スマートフォンがブーと震えた。思えば初めて連絡先を交換した頃、携帯のキャリアが同じだねなんて話したっけ。これもフラグの一つだった。

「どうしたの？」

私の声を聞くと、彼は早口で答えた。

「大事な話がある」

「昨日の話と別に？」

「うん。いや、実は、そのことなんだけど、なかったことにしてほしい」

「なかったって……何を？」

「結婚はやめにしよう」

「えっ……」

「じゃないとダメなんだ。死ぬかもしれない」

「どういうこと？」

「とにかく僕は昨日、きみに結婚なんて申し込んでない。いいね？」

「なに言ってんの？　ねえ」

「もう時間がないから切るよ。またね」

彼はそれだけ言い残すと、一方的に電話を切った。

私はしばらく彼の言葉を飲み込めず、昨日とは違う嫌なふわふわの余韻の中にいた。それがやがて引いていくと、もう訳もわからずただ放心するしかなかった。大事にショーケースに入れて、並べて飾っていたはずの小さなフラグの一つ一つが、バキバキと折れていく音が聞こえた気がした。


これで良し。こうすれば、きっとフラグはなかったことになる。そうでなければ命があぶなかった。

「おい、こんなときに、どこへ電話していたんだ！」

班長の怒号が飛んでくる。俺はとっさにスマートフォンをポケットに滑り込ませた。

「すみません、もう大丈夫です」

「一刻を争うんだ！　集中しろ！」

「はいっ」

俺の目の前には、いくつものコードがつながった機械がある。これを正しく

小説

たった今考えたプロポーズの言葉を君に捧ぐよ。

解体できなければ、あと一時間も経《た》たないうちに爆発してしまう。

もちろん最大限の集中力で構造を解明し、的確に解体するべきだが、その前にどうしてもしなければいけないことがあった。

万に一つ、爆弾の解析に時間が足りず、偶然に身を委ねるような選択をしなければならなくなった場合、信じられるのは運だけ。それなら、運を左右する不安要素は取り除いておかなければ。

恋人に結婚を申し込んだ男は悲劇の結末を迎えると、相場は決まっているのだから。

その3

Tatta ima Kangaeta Propose no kotoba wo Kimini Sasaguyo.

花城愛莉《はなしろあいり》というアイドルが引退した日、俺の人生は終わったと思った。その後、俺の働く会社にたまたま彼女が派遣社員としてやって来るまで、本当に死んだように生きていた。

『は、花城愛莉が存在してる……』

『……あ。握手会に来てくれた人』

初対面はそんな最悪なもの。推しに認知されていたというだけで、俺にとっては最悪である。だったら握手会なんて行くなという話だが、ファン一人一人の行動がアイドルをセンターに押し上げることもあるのだ。

まあ正直、花城愛莉は歌も踊りもいまいちだったので、応援したところでセンターにはなれなかっただろうけど。だけど顔がもう本当の本当に可愛《かわい》いので、可愛すぎるので、それだけで応援できた。

「花城さん、これファイリングお願いします」

花城愛莉は、仕事もいまいちだった。どうにもならないほどのパソコン音痴。

小説

たった今考えたプロポーズの言葉を君に捧ぐよ。

もっぱらファイリングなど、パソコンを使わない作業を任せることが多く、彼女は肩身が狭そうにしていた。

同い年ということもあって、俺の仕事を手伝ってもらうことが多い。そうなると嫌でも関わりはできてしまって、俺は推しと友達になってしまった。休日には二人で出かけることすらある。死にたい。推しの人生に俺はいらねぇ。

だからなんとか仕事以外では避けようとしているのだが、またも出かける予定ができてしまった。今回はとあるカフェのアフタヌーンティーである。量が食べられない彼女と、甘いものが大好きだが一人でそういう場所に行くのが気恥ずかしい俺の利害が一致した。

「なんでいっつもこうなるんだろ……」

「こうって何？」

「俺は花城さんとは出かけたくない」

「え、今日はそっちが誘ってくれたんでしょ」

そう、今日は俺から誘ってしまった。無意識に。……謎だ。

花城さんに誘われることと俺が誘うことは、だいたい三対一くらいの割合である。誘われたときだって断ればいいのに、なぜか無意識に了承している。

「たぶん花城さんが可愛すぎるのが悪いんだよ……」

「あはは、可愛い以外取り柄がないからなー」

明るく笑う彼女は、意外と自虐が多い。別に可愛い以外にだっていいところはたくさんあると思うのだが、言おうとするととにかく顔の可愛さにばかり意識が行ってしまって、「めちゃくちゃ可愛いんだからいいだろ」と気の利かないことしか言えなくなるのだった。

「はー、ほんっと可愛い……」

「もっと褒めていいよ。顔に対する褒め言葉だったらいくらでも受け付けます！」

ぱちんと至近距離でウインクを食らって、危うく心肺停止するところだった。

「顔が可愛い。最高。尊い。マジエンジェル。愛してる。結婚しよう」

流れるように口をついた言葉に、自分で驚いて「うん？」と固まってしまう。

花城さんも、困惑したように目をぱちぱちさせている。

……俺今、何口走った？　結婚がどうとか？　え？

小説

たった今考えたプロポーズの言葉を君に捧ぐよ。

「そりゃあ私は可愛いけど……最高に尊い天使だけど……私でいいの？」

そしてなぜ、花城さんはまんざらでもない反応なんだ？　俺たち付き合ってもないんだが？

急なプロポーズを受けた花城さんより、プロポーズをした俺のほうが困惑しているという異常事態。けれど、「私でいいの？」なんて訊《き》かれ方をしてしまったら、固まっていられるはずもなかった。

「……推しと結婚とか、ほんと俺を殺したくなるけど、君でいいなんて言い方はしないでほしい。君がいいんだ。推しと結婚はほんっとうにしたくないけど……でも花城さんとは結婚したい……花城さんがいい」

アイドル花城愛莉と、俺の友達である花城さん。俺の中で乖離《かいり》が生まれていることに薄々気づいてはいたけど、プロポーズを口走って気づくとか、あまりにもあんまりなタイミングだ。情けない。

「まず君は……えっと、顔が可愛い。これはわかってるか。あと、えっと……可愛くて……ごめん、可愛い以外にもいいところはいっぱいあるんだけど、顔見てると可愛いしか浮かばない。目をつぶっても……可愛い……おかしいだろ」

キレそうになってしまった。顔の可愛さが圧倒的すぎる。

「ほら、あの、その。可愛くて、優しくて、可愛くて明るい。可愛すぎて元気になる。天使よりいい。笑いかけてくれるし、話しかけてくれるから」

もはや自分が何を言っているのかもよくわからなかった。脳内にはちゃんとした言葉が浮かんでいる気もするのに、花城さんの可愛い顔を見たり思い浮かべたりしたら、もう駄目だった。

「だ、だから、君がいい」

駄目駄目な告白をごまかすように、うやうやしく彼女の手を握って告白を打ち切る。しばらく無言だった彼女は、ふっと小さく笑いをこぼした。

「私を可愛いって思ってること以外、よくわかんなかったよ」

「そこはこれから頑張るから！　伝えるから！」

「じゃあ、期待しようかな。あなたも期待しててね。あなたに褒めてもらった全部のことに、『でしょ！』って自信満々にうなずけるように頑張るから」

こういうところも好きだ。どういうところ、と訊かれたら、こういうところ、としか言えない俺の語彙が憎い。

だってこういうところなんだよ。

「そういうところ、好きだ」

「どういうところかちゃんと言えるようになるの、期待してるね」

どうにか伝えられないかとその後も何度か試してみたが、彼女はにこにこと小首をかしげるだけだった。……どっちなんだこの顔。伝わってるのか？　可愛いこと以外わからなかった。

顔だけでこんなに好きにならないと、いつか彼女に言葉を尽くして伝えたい。

君が魅力的な人だから、俺はアイドルじゃなくなった君に恋をしたんだ。

その4

Tatta ima Kangaeta Propose no kotoba wo Kimini Sasageyo.

「ブッ!」

部屋をつんざく爆裂音。

彼女がオナラをした。


「――ッ⁉」

その瞬間、僕の脳内であらゆるシミュレートが行われた。

いかにして、この状況を平穏に収めるべきか。

聞こえなかったことにしてごまかす――いや無理だ。

無視するにはあまりにもオナラの音は大きかった。隣家にまで聞こえたんじゃないかってくらい大きな音。聞こえなかったと言い張るのは無理がある。

笑い飛ばす――これも無理だ。

彼女がブチギレる公算が高い。長い付き合いなので知っているが、普段からささいなことでキレるタイプの彼女だ。火に油を注ぐような真似《まね》は避けたい。

小説

たった今考えたプロポーズの言葉を君に捧ぐよ。

我が身が惜しい。

普通に淡々と指摘する――これはアリかもしれない。

アリかもしれないが、果たして僕は動揺せずに指摘できるだろうか。ちょっとでも感情を乱してしまえば、やっぱり彼女はキレかねない。そして僕が酷《ひど》い目に遭いかねない。

どうしよう、選択肢はもう残されていない。悩んでいる間にも、時間は刻一刻とすぎていく。時が経《た》てば経つほど、対応が難しくなるというのに。

そんな風に悩んでいると、僕の脳裏に悪魔的な策が閃《ひらめ》いた。

これだ！　これしかない！　閃いた策を、僕は即座に実行に移す。

逆転の発想。つまり――。

「良いオナラだったね！」

褒める！

あえて褒める!!

これでどうだ!!!

さあ、彼女の反応は⁉

「ハァ？」

ダメだ。めっちゃブチギレてる！

僕の悪魔的閃きは全く通用しなかったようだ。

このままでは僕の未来が危険で危ない。

どうにか誤魔化《ごまか》そうと、更に畳み掛ける。

「ぼ、僕、君のオナラが好きなんだ‼」

「ハァッ⁉」

怒りのボルテージが更に上昇した気もするけれど、今更止まれない！

もう行けるところまで突っ走るだけだ！

「聴かせてくれ。君がオナラしてる時が一番幸せなんだ。僕は超どきどきする。変かな？」

行った！　突っ走ったぞ！　僕は何を言っているんだろうね‼

僕が、あまりにも変なことを言い出したせいか、彼女は、ポカンとした表情と共に動きを止める。やったか⁉

「……そんなに、私のオナラが好きって言うの？」

小説

たった今考えたプロポーズの言葉を君に捧ぐよ。

「う、うん！　そうだよ！　大好きさ！」

彼女は俯《うつむ》いていて、その表情は見えない。しかし、怒ってはいなさそうなので、話を合わせていく。

「……だったら」

「え？」

「だったら！　好きなだけ聞かせてあげるわよ‼」

ダメだ！　これ一番ブチギレてるやつだ！

彼女はあろうことか、おしりをこちらに向けると、そのまま僕との距離を詰めてくる。

逃げる僕。迫り来る彼女のおしり。狭い部屋の中だ、逃げるといってもたかが知れている。僕はすぐに彼女のおしりにロックオンされてしまう。

もう逃げられない。僕を押し潰さんばかりに突っ込んでくるおしりを見ながら、僕は考える。

（……あれ？　なんだか、悪くないかも？　むしろ……いい？）

超どきどきする。知らなかった、僕って変態だったんだ。

その5

Tatta ima Kangaeta Propose no kotoba wo Kimini Sasageyo.

しまった！　遭難してしまった！

雪山登山なんか挑戦するんじゃなかった。おかげでこのザマだ。

前も後ろも、右も左も真っ白で、どっちに進めばいいか全く分からない。このままだと間違いなく凍死。しかる後に動物たちの餌、もしくはワイドショーの晒《さら》し者《もの》だ。

そんな絶望的な状況の中、俺の目に飛び込んできたのは、小さな光だった。

それが何かを確かめる余裕もなく、俺はその光へと進んで行く。

今俺が頼ることのできる、唯一の希望に向かって。


そうして俺は、この洞窟に辿《たど》り着《つ》いた。

「……まさか、先客がいるとは」

「……私も、来客があるとは思わなかったです」

洞窟にはすでに一人の女性が避難していた。どうやら俺と同じく、遭難して

小説

たった今考えたプロポーズの言葉を君に捧ぐよ。

ここに辿り着いたらしい。

ただ、彼女は。

「私、もうすぐ死ぬと思います。身体が寒くて動かないんです。死んだら、私の服、あなたが着てもいいですから……」

「待て！　気をしっかり持つんだ！」

彼女は、すでに限界を迎えつつあった。

食料もなく、体力もとうに尽きている。体温は低下し、脱水症状も引き起こしているようだ。彼女自身が言うように、もう長くは持ちそうにない。

「くそっ！　こうなったら……」

実は俺は、ある特異体質を持っている。誰かに見せることなんて、一生ないと思っていたけれど、今は非常事態だ。

「良いか、聞いてくれ」

「なんです？」

「僕はあったかいだろ？　超愛してる。結婚しよう」

そう言った瞬間、洞窟内に、熱が一気に広がった。

「……え？」

女性の顔に生気が戻る。寒さによって下がっていた体温が上昇したのだろう。これなら、吹雪が収まるまで耐え抜くことができるかもしれない。

「温かい……これ、あなたがやったんですか？」

「俺は、ちょっとした特異体質を持っていてね。ドキドキすると、体温が上がってしまうんだ」

「体温？　でも、周りまでこんなに温かくなるなんて……」

「それだけドキドキしてるってことさ。だって、プロポーズなんてしたの、生まれて初めてだからな」

　そう言い切ると、彼女は黙った。体温が急に上がったせいだろうか、彼女の顔が赤くなっているように見える。

「そんな……私もプロポーズなんてされたの初めてです」

「そうか。すまなかった、初めてを奪ってしまって」

「別に良いです。でも、もう一回言ってくれませんか？」

「……え？」

小説

たった今考えたプロポーズの言葉を君に捧ぐよ。

「意識が朦朧《もうろう》としていて、さっきのちゃんと聞けなかったんです。だから、もう一回お願いします」

「超愛してる。結婚しよう」

瞬間、洞窟内の温度が更に上昇した。もう防寒具なんて要らないくらい暑くなっている。次いで、何かが崩れるような音が洞窟内に響く。

「……今の音って、雪崩《なだれ》？」

「すまない。二回目のプロポーズにドキドキしすぎて、周りの雪まで溶かしてしまったようだ」

「……ひょっとして、洞窟の入り口、塞がっていませんか？」

「……しばらく脱出することは困難なようだな」

しかし、食糧ならば俺が少しは持っているし、雪を溶かせば水分にも困らない。しばらく何とかなるだろう。

幸い、体温が下がる心配はなさそうだし。

「とりあえず……君のこと、なんて呼べばいいのかな？」

だから俺は、これから一番必要となることを彼女に聞いたのだった。

その6

Tatta ima Kangaeta Propose no kotoba wo Kimini Sasagu yo.

男

あの子を見つけた。良かった。もしも来ていなかったら、どうしようかと思った。二十歳の集いのあと、苦手な大勢での立食パーティーに参加したのは、あの子と、あの約束の話をするためだった。

「久しぶり、俺のこと覚えてる？」

すぐにはわからなかったようだけど、名前を言ったら「ああ」と彼女は安堵《あんど》の表情を見せた。

それから、遠足で行ったアスレチックのこと、担任の先生の変なしゃべり方、あの頃見ていたテレビ、用意してきた話をたくさんした。彼女は「あったね」「そうそう」とうなずいていた。

そろそろ頃合いだろう。俺は十年前の約束の話を切り出した。

小説

たった今考えたプロポーズの言葉を君に捧ぐよ。

「ところでさ。覚えてる？　夕方の公園で約束したこと」

「約束……？」

「俺は、一日たりとも、あの約束を忘れたことはない」

俺は意を決して言った。

「きっと大人になったとしても、君が好きだよ。花嫁になってくれないか？」

彼女はあの日、「うん、いいよ」と答えた。

今日まで、その約束のために生きてきた。二人が成長して、見た目は変わってしまっても、あの約束だけは変わらない。

彼女はポカンとした顔を見せると、次の瞬間には肩を震わせた。

「……ククク、待って。ウケんだけど。結婚の約束？　何それ？　アハハ、マジで言ってんの？　ヤバい、お腹《なか》イタイ……アハハ」

覚えていなかった。それどころか、腹を痛めるほどに、嘲りの笑いが止まらない。俺はすぐに夢から醒《さ》め、このまま消えてしまいたいと思った。

「クク、同窓会って、ホントにそんなこと言うひといるんだ、オモロ」

「覚えてないなら、もういいよ。ごめんね」

「クク、ねえ、一日たりとも忘れたことないって、ヤバくない？　ストーカーじゃん。え、何日だっけ。十年でしょ。三千日超えてんじゃん。ヤバ」

「もういいって……」

「ねえ、それであたしなんて言ったの？　アハハ」

早くその場を離れたい俺を、彼女はしつこく引き留めた。俺に根掘り葉掘り質問をして答えさせては、何度も何度も笑いやがった。

それがきっかけで付き合いだした俺たちは、五年後に結婚した。

約束のとおりになったとは言いがたい。この結婚に至る交流が正しく始まったのは、大人になってからなのだから。

子供の頃の約束なんて、果たされないものなのだ。

女

二十歳の集いのあとのパーティーで、私は彼を見つけた。間違いない。あの頃の面影がある。ひょっとしたら、あの約束を覚えていたりして。そんなわけ

小説

たった今考えたプロポーズの言葉を君に捧ぐよ。

ないかと思いながらも、彼のいるテーブルにそっと近づいた。

彼は言った。

「俺は、一日たりとも、あの約束を忘れたことはない」

それから、私があの日、「うん、いいよ」と答えた言葉を、私が今日、パーティーに参加した理由の大部分である言葉を、彼は語った。

「結婚の約束？　何それ？　アハハ」

知らない女の子が笑っていた。すごく可愛い子だった。名前を聞いても全然ピンと来なかった。きっとあの頃は、教室の隅にいるような目立たない子だったんだろう。今の私みたいに。

私と彼の約束は、知らない女の子がさらっていってしまった。私は話もできなかった。彼は約束を一日たりとも忘れていなかったけれど、約束した相手の顔も名前も、覚えていなかったんだ。

何年かして、彼とあの子が結婚したと噂《うわさ》で聞いた。きっかけは二十歳の集いでの再会だそう。きっと彼はまだ「あの日の女の子」と思っているのだろう。

子供の頃の約束が、果たされて良かったね。

その7

「じゃあ、あとは若いお二人だけで」

そう言って、大人たちは席を外した。まるでお見合いのようなセリフだったが、実際のところ、これはまぎれもなくお見合いなので違和感もない。

違和感は、俺がこれから起こす。いや、違和感というより、不和だ。不協和音を巻き起こす。


俺はめちゃくちゃ金持ちの家に生まれた。親の親の親のもっと親の代から、いまだに世襲で継いでいるような大企業。死ぬまでの人生の過程は、生まれたときからだいたい決まっている。おかげで物にも食うにも困ったことはない。

でも、ただ金を持っているだけの空っぽの人間になりたくなかった俺は、人一倍努力した。勉強ではいつも学年の首席を取り、スポーツでは陸上でインターハイに出た。誰もが名前を知るような楽器はたいてい演奏できるし、簡単なゲームのプログラムなら自分で組める。

小説

たった今考えたプロポーズの言葉を君に捧ぐよ。

俺は、親ならびに先祖代々どもが考えた策略に沿って動くだけの都合の良い駒ではないのだ。いつだってその気になれば自分だけの道を切り開ける。そういう力を鍛え、身に着けた。

ただひとつ、苦手なことは恋愛だった。優しくしようが冷たくしようが髪切ったのに気づこうが服を褒めようが誰も俺になびかなかった。金をちらつかせればあるいは違ったのかもしれないが、それだけはしたくない。だから女のことだけはいまだにわからない。

しかし、何がどうできようともできなかろうとも、結局、俺は駒にすぎなかった。駒を動かすプレイヤーにとって、駒の色や形などどうでも良い。動きさえすれば良い。

この見合いは俺の意思に関係なく組まれた。いまだに世襲で続いているような大企業は、いまだに縁戚関係を商売の道具に使う。俺の婚姻によって、政権で強い発言権を持つ家との縁を深め、利を得ようとしている。これは見合いの名を借りたビジネスだった。

冗談じゃない。俺は、そんなふざけた方針には従わない。生涯の伴侶なら自分で決める。いつかは気に入った女を自力で落とす。

この縁談で立場が弱いのは、うちの会社の方だった。俺の方は何を断る権利もないが、相手の女が俺のことを気に入らなかった場合、破談する。俺は大人たちからそう聞かされた。

それなら取るべき方法はひとつ。俺が相手の女から嫌われればいい。縁談なんてめちゃくちゃにしてやる。嫌われるための言葉も考えた。

「マジダイナマイトボディ賞あげるよ。僕は君のカラダ以外愛せないんだ」

これだ。女は異性として好きでもない男から性欲をちらつかされるのが何よりも不潔に感じるのだ。たぶんそうだ。今まで何度かそうだった。

その上、「賞」なんて茶目《ちゃめ》っ気《け》を出そうとしているのも気色悪いし。肉体以外興味ないと宣言しているのが馬鹿丸出しだ。これで簡単に嫌われる。


相手の女と二人きりになった俺は、無言のまま女の頭からつま先までなめまわすようにじろじろと見てやった。今から言うセリフに相応《ふさわ》しいグラマラスボディライン美女だ。こういう出会いでなければ全然ありだった。

だが、俺はあくまでもレールにあらがうと決めている。

「マ……マジ、ダ、ダイナマイトボディ賞あげるよ……へへ」

「え……」

「ぼぼ、僕は……君の、カ、カラダ以外、愛せないんだ……」

女は気まずそうに顔を伏せた。

よし、これでいい。狙い通りだ。緊張のせいで想定よりもずっと気持ち悪い感じになったが結果オーライだ。

女はうつむいたままで言った。

「そんな風に正直に言ってくれた人はじめて……。みんないつも、顔にはそう書いているのに、口では決して言わないんです……」

「へ？」

女は俺の目を見つめた。

「私、嘘《うそ》つきは嫌いです。あなたは違うみたい。仲良くしましょうね」

「……はい」

やっぱり女だけはわからない。

その8

Tatta ima Kangaeta Propose no kotoba wo Kimini Sasaguyo.

「お腹がへって死にそうだ……」

高校の昼休み。クラスメイトたちは皆、机に弁当箱を並べて昼食を食べているけれど、僕はひたすらに空腹だった。あまりに空腹すぎて、視界がホワイトアウトしつつあるほどだ。

分かっている。弁当を忘れた僕が悪い。

分かっているけれど、この空腹はどうにも耐えがたい。

「こうなったら……なんでもいいから食べられるものを……」

シャーペンの芯って食《く》えるのだろうか。いや、教科書の方が食べやすいかもしれない。待てよ、ティッシュって甘いって聞いたことがあるぞ？

机に突っ伏しながら、何を食べるか考えていたところで。

「あの……」

僕に話しかけてきたのは、隣の席の女子だ。彼女は心配そうな顔で、こちらを覗《のぞ》き込《こ》んでいる。

「大丈夫？」

「だいじょばない」

いかん、口調まで力を失い始めている。漢字を使う余裕もない。

申し訳ないけど、今は僅かなカロリーの消費すら抑えたいんだ。心配してくれるのはありがたいが、放っておいてくれないだろうか。

しかし彼女は、離れようとはせずに。

「お腹空いてるの？　これ、食べる？」

自分のお弁当の中から唐揚げを一つ、こちらに差し出してきた。

「………」

その瞬間からの記憶は、しばし飛んでいる。

ただ、命が助かった、という実感。

そして、口の中に拡《ひろ》がる充足感だけがあった。

彼女からもらった唐揚げの全てを味わい尽くし、衣の一欠片《ひとかけら》までエネルギーへと変えた僕が次にしたこと。それは。

感謝の土下座だった。

他のクラスメイトたちの視線など一切気にすることなく、彼女に対し土下座を敢行していた。

「本当に、ありがとうございました！」

「ちょ、ちょっと！　そこまでしなくても！」

「ありがとうございましたの上で！　更に、お願いしたいことがあります！」

「えええ、何？」

「もう一つ唐揚げをもらえませんか！　そのためなら何でもしますから！」

額を床にグリグリとこすりつけて懇願する。

周りからひそひそと囁《ささや》く声や、スマホで写真を撮る音が聞こえるが、そんなことはどうでもいい。今頭を占めているのは、唐揚げのことだけだった。

美味《おい》しかった。ただただ、美味しかった。あの唐揚げのためなら、どんなことだってできる。だから。

「僕は君のカリカリからアゲに超メロメロなんだ！」

そう、叫んだ。学校中に届かんばかりの大声で。

「わ、わかったから！　唐揚げあげるから、顔を上げて！」

小説

たった今考えたプロポーズの言葉を君に捧ぐよ。

「本当か⁉」

「でも、今日はお腹空いてたから、さっきのが最後の一個で……」

「死のう」

「死なないで⁉」

　自分でもビックリするぐらい簡単に命を捨てかけた。それだけ、あの唐揚げは偉大な存在だったのだ。

「明日！　明日また沢山作ってきてあげるから！」

「明日だな？　わかった。それまで何とか耐えてみせよう！　しかし沢山と言ったが、何十個……いや何百個作ってきてくれるんだ⁉」

「なんびゃ……い、いいけど、そんなに作るとなると材料が足りないから、帰りにお買い物に行かないと……そうだ、お買い物、手伝ってくれる？」

「もちろんだ！　喜んで！」


　これが、僕と妻の初デートのエピソードだ。

　あれから十年、今晩も我が家の食卓には唐揚げが並んでいる。

その9

Tatta ima Kangaeta Propose no kotoba wo Kimini Sasaguyo.

物事にはタイミングがある。ここに、タイミングをはかりかねている男がいた。人生の一大決断。同棲《どうせい》している恋人にプロポーズしたい。だが、彼は気の弱い性格。一度断られたら、もう立ち直れないかもしれない。

踏ん切りがつかなかった男は、きっかけを運に頼ることにした。

――そうだ。あした、もし雨が降ったら言おう。

しかし、あいにくと翌日は曇りだった。

――今日見る野球の試合で、誰かがホームランを打ったら言おう。

しかし、その試合で唯一あった得点は、ランニングホームランだった。どうにも釈然としない。

――近所の公園を散歩して、犬を三匹見かけたら言おう。

しかし、見かけたのは散歩中の犬が二匹と、野生の狸《たぬき》が一匹だった。狸もイヌ科だが、それで「犬三匹」としてしまうのは詭弁《きべん》の範疇《はんちゅう》である。

何に委ねても、決め手に欠ける結果ばかりなのであった。

小説

たった今考えたプロポーズの言葉を君に捧ぐよ。

——やはり運任せではだめだ。自分に課題を作ろう。

ある休日。男は一日中、誰とも口をきかないことにした。

——夜の十二時まで黙っていられたら、言おう。

この計画なら、自分さえ頑張ればうまくいく。

その日、男は恋人に何度話しかけられても、身振り手振りで返した。彼女は問い詰める。「何で黙ってんの」「わたし何かした？」「ふざけてんの」

——**君と結婚したいから、ずっと黙ってるんだ……。**

夜になっても謎の無言を貫く男に、恋人もさすがに腹が立ってきた。こいつをなんとかしゃべらせてやる。むきになった彼女は、何を言ったら彼が思わず声を上げるだろうかと考えた。

「あのさ」

「……」

「結婚しよっか」

「ふえっ」

男の計画は、失敗に終わった。

その10

Tatta ima Kangaeta Propose no kotoba wo Kimini Sasagu yo.

月の高い真夜中、狭い部屋の中で、二人が机に向かっていた。

二人が睨《にら》むようにして見ているのは、情報端末の画面。まだ電子媒体に、視覚的に情報を記録していた時代の資料である。

「どう？　何か、新しい事実はわかった？」

「まだ事実と呼んでいいかはわからないが、同時代に同じような内容で複数の記述が確認できる事象がある」

「聞かせてくれる？」

「どうやら、この時代には、ティッシュペーパーと呼ばれる紙製品が存在していたらしい」

「どのようなものなの？」

「薄く柔らかい質感で、家庭や職場など、様々な場所に設置されていて、日常生活のあらゆる場面で見られたそうだ」

「用途は？」

小説

たった今考えたプロポーズの言葉を君に捧ぐよ。

「物や体についた汚れを拭き取ったり、体液の飛散や流出を防いだり、ゴミを覆い隠したり、一時的に食材を置く食器がわりに利用したり、様々な用途が記述されている」

「正しいのはどれだったの？」

「いや、いずれも間違いではなく、多目的に使われていたようだ。おかげで、同じものだと特定するのに苦労した」

「紙資源を多目的に使う？　それも、日常生活のあらゆる場面で？　ずいぶんと環境に無《む》茶《ちゃ》をさせていたものね」

「当時の価値観では、当たり前だったのさ」

そう言った者は、人差し指で自分の眉間のあたりに数秒触れた。この操作により、今、得た情報と思い当たった結論を脳内のチップへと記憶できる。

「キミの方はどう？　何か新しい事実はわかった？」

尋ねられた者は、人差し指で自分のこめかみのあたりに数秒触れた。この操作により、すでに得た情報を改めて引き出すことができる。

「ある時代の創作物において、頻繁に見られた表現の中に不可解な言葉がひとつあったの」

「なんだい？」

「『毎日、僕に味噌汁《みそしる》を作ってくれないか？』」

聞いた方は首をかしげた。

「まるで、わからないね」

「まず『僕』という一人称、これは時代によっても用途が異なるのだけれど、この時は男性人格を持つ人間が主に用いていたみたい」

「前に何かで見たな。『俺』に比べておとなしく控えめな性格の者か、話し相手より自分の立場の方が下の場合に使っていたとか」

「ええ。そして、『味噌汁』という言葉。大豆の発酵食品を水で溶き味をつけ、具材を入れ熱したスープのこと。当時は、『毎日』食してもおかしくはないほどポピュラーな『料理』であった模様」

「『料理』には、数えきれない種類があったというのが定説だが、にもかかわらず、毎日同じものを食す文化があったとは」

「ここまではすぐに考察が成り立ったのだけれど、一番不可解だったのは『作ってくれないか』という部分。この解読にはだいぶ苦慮してしまった」

「なんだったんだい？」

「どうも、この言葉が語られた時代、この地域では、婚姻関係において女性人格を持つものが『料理』を作る役目を負っていたそうなの」

「昔は生殖以外にも、性差で役目を設けていたと言われているね」

「そう。ただ記述には食い違いがあって、そのように強いられていたとする資料もあれば、役目を負うことを名誉としていたとする資料もある。いずれにしても、『女』が調理をするのが一般的だった時期があったのは間違いがない」

「それで、件《くだん》の言葉はどう解釈したのかな」

「つまりはね。『毎日、僕に味噌汁を作ってくれないか？』というのは、『婚姻関係を結びたい』という意思表示であったようなの」

「直接、そう言えばいいのに」

「遠回しに伝える方が、高尚なレトリックであるとされていたケースは、前にも見られたでしょう。ワタシはその感覚、わからないでもない」

「そんなものかな」

「まあ、同じ時代に生きていない以上、どこまで根拠を揃《そろ》えようとも推測でしかないのだけれど」

「その推測を少しでも確実にするのが、歴史研究者の役目さ。さて、少し休憩だ。散歩でもしよう」

二人は研究室を出て、夜道を歩いた。

夜とはいえ、よく晴れた空に月を遮るものはない。腕を組み寄り添う二人の影を、月はくっきりと映し出した。

「ねえ」

「うん？」

「実は、ずっと話そうと思っていたことがあるんだ」

「なあに？」

「キミさえよければ、これから毎日、ポロコルクラフェルをベギーヌしてくれないか」

問いかけられた者は、頬を赤く染めてうなずいた。

「うん……」

小説

たった今考えたプロポーズの言葉を君に捧ぐよ。

二人の会話は、どのような意味を持って交わされたのか。それは、違う時代を生きる者からすれば、推測することしかできない。

ときめくプロポーズ
1

その11

Tatta ima Kangaeta Propose no kotoba wo Kimini Sasaguyo.

デート中、仲のよさそうな老夫婦を見かけた。銀杏《いちょう》並木の下、穏やかに会話をしながら歩く姿はとても素敵で、思わず隣の恋人のことも忘れて見入ってしまった。

立ち止まって、二人の姿がゆっくりと小さくなるのを見送って。それからはっと隣を見たら、彼はなぜか切なそうな顔で老夫婦の後ろ姿を見つめていた。

「ずっと止まっちゃっててごめん。……どうかした？」

「え、どうもしてないよ」

慌てたように、彼は明後日の方向に視線を向ける。

デートということもあり、さっきまでは彼だって楽しそうにしていた。だから、何か心情に変化があったとしたら……さっきの老夫婦が原因。

普段の彼の思考を念頭に、少し考えてみる。

「……もしかして、私に見合う人間じゃないからあんな将来はないよなぁとか、思っちゃってる？」

小説

たった今考えたプロポーズの言葉を君に捧ぐよ。

表情を取り繕うのが苦手な彼は、あからさまに図星を指された顔をした。

なるほど。彼は自己評価が低く、逆に私の評価が高すぎる。彼は私のことを、なぜかとても男前で多才で素敵な人として認識しているらしいのだ。

「もう、君だって素敵な人だって何回も言ってるのに」

「う……心春《こはる》にとってはそうなんだって、わかってるつもりだよ」

「つもりじゃだめ。わかって」

この調子じゃあ、私が彼を好きなことだって、本当の意味では理解してくれていないかもしれない。それは悔しい。

なんとかわかってくれる方法はないものか、と考えて、一つ思いつく。

私はうんと手を伸ばして、彼の両頬《ほお》をがっしりと押さえた。私から、目を逸《そ》らせなくするために。

「愛してる。君を世界一幸せなおじいちゃんにしてみせるよ。絶対に」

渾身《こんしん》のプロポーズだった。

高校生である今、結婚はまだ遠い将来の話だけど、約束するだけなら今だっていいはずだ。約束というより、私の決意表明なわけだし。

みるみるうちに顔を赤くした彼は、弱り切った声でつぶやいた。

「俺の彼女ほんっとかっこいい……」

「それはどうも。私にとっては君のほうがかっこいいけどね」

人気《ひとけ》がなければ、キスでもしたい気持ちだった。まあ、背伸びをしたって届かないから、彼にかがんでもらわなければいけないんだけど。

両頬を手で包むのも、身長的にいい加減つらい。だから手を下ろすと、ちょっと名残惜しそうな顔をするのが可愛《かわい》かった。

やっぱりキスしたい。してくれないかな。

じいっと顔を見上げると、彼は困ったように眉を下げた。

「……もしかしてキスしたいって思ってる?」

「すごい、なんでわかったの?」

「なんでっていうか……いや……まあ、心春のことだから」

「ふふ。まあ、人目があるもんね。できないのはわかってるよ」

「……今じゃなくていいなら、人がいない場所で」

小声で恥ずかしそうに言われて、驚いてしまった。彼がこういうことに積極的なことは、まずない。

「……もしかしてプロポーズされたの、嬉《うれ》しかった？」

「もしかしなくても、そうです」

「そうかぁ。可愛いね」

「心春はかっこいいね……」

「どうもどうも」

くすくす笑って、彼の腕にするりと自分の腕を組ませる。温かい。

ああ、早くキスできる場所に行きたいな。

その12

Tatta ima Kangaeta Propose no kotoba wo Kimini Sasagu yo.

適当に参加した合コンで、適当に付き合い出した相手だった。顔が好みだし、好感持てることばっかり言うし、付き合ってほしいって言ってくれるんなら、まあ付き合おっかなって。

それで数年付き合えているのだから、相性はよかったのだろう。

そろそろ結婚のことも考えなきゃな、とは漠然と思っていた。だから、彼からのプロポーズは渡りに船だったのだ。

「籍、入れてみない？　同じ苗字《みょうじ》になりたい。君が僕の生きる意味なんだよ」

——そのプロポーズが、ちょっと予想外だっただけで。

前半はわかる。少し軽い言い方が、こいつっぽいなと思う。

だけど後半、何？　重いんだけど。びっくりしたんだけど。

「え、私のことそんな好きだったの？」

「うん。びっくりしたでしょ。なっちゃん気づいてないだろうなって思ってた」

「普段のアキの態度で気づけってほうが無理でしょ……。ええ？」

小説

たった今考えたプロポーズの言葉を君に捧ぐよ。

基本こいつは、ふわふわしている。どこからどこまで本気なのかわからなくて、好きだって伝えてくれることは多くても、あーはいはい、私も好き、と流せてしまうくらいの軽さがあった。

「私、アキの生きる意味なんだ……。じゃあもっと品行方正に生きなきゃだね。結婚するからには私もアキを生きる意味に置くし、アキももうちょっと……いや十分か。そのままのアキがいい」

「……あ、結婚してくれるんだ？」

目を丸くする彼に、つい噴き出してしまう。

「なにびっくりしてんの。するよ、そりゃあ。生きる意味にしてもいいくらいに、私だってアキのこと好きなんだから」

大真面目に返したが、なかなか恥ずかしいことを言ってしまった気がする。

まあいっか。こういう言葉はストレートに伝えたほうがいい。

「えー、嬉しいな。じゃあこちら、なっちゃんの書く部分以外全部埋まった婚姻届です」

「用意がいいな。はいはい」

一緒に差し出されたボールペンで、さらさらと記入する。

証人の欄には、私たちの親友二人の署名があった。私たちと同じ合コンで付き合い出した二人である。……こいつ、私より先に友人に話したのか。

友人カップルが結婚するときには、ぜひとも私たちが証人になりたいな。というか絶対なってやる。今度証人欄を埋めた婚姻届を渡しに行ってみよう。

「……ほんと、すごい嬉しいな。本当に嬉しい」

全てが埋まった婚姻届を見て、彼はとろけるような笑みでつぶやいた。

「私も嬉しいよ。プロポーズ、ありがとう」

「こっちこそありがとう。断られるかもなって、実は思ってたんだ」

「なのに証人欄まで埋めてきたわけ？　あはは、もう、ばかだなぁ」

私がこいつにそんなに好かれていると思っていなかったように、こいつも私にそんな好かれてないと思ってたのか。やばいな、言葉は足りてたはずなのになんでだろう。

やっぱり始まりが適当なノリだったからだろうか。「僕たち、恋人になってみない？」なんて――ああ、今のプロポーズとそっくりじゃん。

小説

たった今考えたプロポーズの言葉を君に捧ぐよ。

「とりあえずアキ、私、健康で長生きできるように頑張るし、事故とかにも遭わないようにめちゃくちゃ気をつけるからさ。アキも気をつけてね」

「なっちゃんの生きる意味になるからには、死ねないもんね」

「お、ちゃんと伝わってる。じゃあ、これ出しにいこっか」

「うん、ありがとう！」

ぱあっと笑った顔が可愛かったので、なんとなくキスをしてから婚姻届を持って立ち上がる。

「外寒いかな。コート薄いので平気かなー……アキ？」

頬を赤くした彼は、しみじみと言った。

「……これで断られるかもなって思ってたの、やっぱり馬鹿だね」

「そうだよ。行こ」

何年付き合っててもこういうのに弱いんだよな。可愛いので、慣れてほしいとは思わないけど。

コートを羽織り、私たちは手を繋《つな》いで市役所へと向かった。

その13

Tatta ima Kangaeta Propose no kotoba wo Kimini Sasagueyo.

今日は小学校の運動会。僕が参加しているのは、借り物競走だ。

走ることはあまり得意じゃないけど、借り物競走だったらチャンスがある。

借りるものを早く見つけることさえできれば、一位になれるかもしれない。

そんな風に考えて手にした、お題の紙。

さてさて、僕が借りなきゃいけないものは。

「……好きなもの？」

紙には【好きなもの】とだけ書かれていた。

好きなもの、って言われても、考え方は色々ある。

ただし、今は借り物競走の最中だ。大事なのは早さ。グズグズ考えていたら、他の人に先を越されちゃう。だから、素直に一番好きなものに向かおう。

僕が一番好きなもの、それは。

「幼馴染の、みよちゃんだ！」

【好きなもの】、そう言われて最初に思い浮かんだのは、みよちゃんの笑顔だった。

「みよちゃん、どこにいるんだろう？」

周りを見渡したけど、みよちゃんが見つからない。僕たち白組の応援席のところにもいない。おかしいな、どこに行ったんだろう。トイレかな。

「こうじくん！」

「えっ⁉」

急に、後ろから声を掛けられた。

ビックリして振り返ると。

「みよちゃん？　どうしてここに？」

探していたみよちゃんが、僕の目の前に立っていた。まるで、ここまで頑張って走ってきたみたいに、息を切らしている。

「ひびきちゃんがお腹《なか》痛くなっちゃって、代わりに出ることになったの」

「そうだったんだ」

でも、これはチャンスだ。まだ誰もゴールしてない。今なら一位になれる。

「みよちゃん、僕と一緒に――」

そう、僕が頼むよりも早く。

「こうじくん、あたしと一緒に来て！」

みよちゃんが、僕の言おうとしていたことを、先に言った。

「ええっ⁉」

僕は、すごく驚いた。どうして僕が言うことがわかったんだろう。もしかして、みよちゃんってエスパーなの？

「ダメ、かな？」

みよちゃんが泣きそうな顔をしたので、僕は慌てて首を横に振る。僕が好きなのは、笑っているみよちゃんだから。

「ううん、ダメじゃないよ。ちょうど僕も、みよちゃんに同じことを言おうとしていたからビックリしただけ」

「私に？　どうして？」

「それはね……」

僕はあんまり深く考えないまま、お題の書かれた紙をみよちゃんに見せる。

「これって……私のことが、好きってこと？」

小説

たった今考えたプロポーズの言葉を君に捧ぐよ。

「あ」

気が付かなかった。でも、もう見せちゃったものはしょうがない。

すると、みよちゃんは顔を真っ赤にしながら、自分の持っていた紙を僕に見せてくれる。それは、僕のものと同じ、借り物競走のお題が書かれた紙で。

そこには、【好きなもの】って書かれていた。

「これって……みよちゃんも、僕のことが好きってこと？」

みよちゃんは真っ赤な顔で、コクコクとうなずく。

嬉しい。僕はとても嬉しかった。僕の大好きなみよちゃんが、僕のことを好きだなんて、こんなに嬉しいことはない。

だから、つい言ってしまった。こんな時のために考えていた、マンガで覚えたての英語を使った最高にカッコイイ台詞《せりふ》を。

「僕は君とゴールインするために生まれてきたんだ。まるでディスティニーだね」

僕は、みよちゃんの手を握って、ゴールに向かって走り出した。

その14

Tatta ima Kangaeta Propose no kotoba wo Kimini Sasaguyo.

僕が愛してやまない彼女にとって、恋とは『変なもの』らしい。そう知ったのは、初めて告白をした日のことだ。

『私は絶対、恋なんてしたくないから……ごめんなさい』

そう謝った彼女は、とても苦しそうな顔をしていた。

――ところで、僕の初恋は彼女である。そういった方面の経験は大分豊富だったのにもかかわらず、だ。

そうか、これが恋か、と感動していた僕が諦めるには、彼女の言葉は足りなかった。何度もしつこく、彼女が根負けするまでアタックを続けた。

『……変なことしないなら、付き合う』

出された条件はそれ一つ。ならば、と今時中学生でももっと進んでいる、というくらいに清いお付き合いを数年続けた。最近では彼女の警戒心も解け、僕の傍《そば》でふにゃりと可愛い顔で笑ってくれるようにもなった。

だから、そろそろいいだろうと思ったのだ。

小説

たった今考えたプロポーズの言葉を君に捧ぐよ。

「君のことを想《おも》うとどきどきする。見つめられるだけで幸せなんだ。変かな？」

慎重に彼女の様子を窺《うかが》いながら、僕は切り出した。

「愛してる。結婚しよう」

彼女は目を見開き、おろおろと視線をさまよわせる。何度も口を開け閉めして、それからそっと、勇気を振り絞るような息を吐いた。

「――変じゃ、ない。わたしも愛してる、んだと……思う……」

自信なさげに口にされた、初めて愛の言葉。

あまりにも愛《いと》おしくて、その頬に口づけを落としたら、「変なことしないいって言った！」とぷんぷん怒り出した。

「……君が望むなら、結婚しても変なことは一切しないよ」

「……ならいいけど」

つまり、あらゆることを『変なこと』と認識させないようにすれば、何をしてもいいということだ。僕の腕と我慢強さの見せどころである。

僕のそんな内心も知らず、彼女は嬉しそうににこにこしていた。可愛い。

その15

Tatta ima Kangaeta Propose no kotoba wo Kimini Sasaguyo.

ずっと健気《けなげ》に僕のことを好きだと言ってくれる、可愛い女の子がいる。六つ年下の彼女に、僕は高校生の頃から毎日のように告白を受けていた。

さすがに小学生、中学生の彼女の告白は受け流せたのだが——こんなにずっと好きでいてくれる子に、陥落しないわけもなく。彼女が高校に上がる頃、僕はあえなく彼女のことが好きになってしまった。我が身が情けない。

「伊織《いおり》さん！　見て見て！」

はしゃいだ彼女が駆け寄ってくる。華やかな振袖姿で、いつにも増してまぶしい。今日は彼女の成人式で、彼女のご両親と一緒になぜか僕も付き添いで参加していたのである。

式の前に会う時間はなかったので、彼女の晴れ姿を見るのはこれが初めてだった。

「……綺麗《きれい》だね」

「えっ、そんなふうに言われると照れる……！　綺麗？　ほんとに？」

小説
たった今考えたプロポーズの言葉を君に捧ぐよ。

「うん、すごく綺麗だ」

彼女を好きになったときには、こんな子ども好きになるとかやばい、と蒼白《そうはく》になったものだけど。……もしかしてもう、好きになっても問題ないのか？

えへへ、と頬を赤らめる彼女を、じっと見つめる。

綺麗になった。大人になった。

表情はまだ幼く見えるけど、それはきっと、僕がずっと傍にいたからだ。彼女と年の近い男の目には、幼くなんてない、ただの魅力的な女性に映っていることだろう。

「可愛い君も、もう大人なんだね」

――問題ないなら、もう伝えてしまおう。彼女が、まだ僕のことを好きでいてくれているうちに。

「これからもずっと大切にするくらいしかできないけど、そばにいたい」

息を呑《の》んだ彼女は、震える声で訊《き》いてきた。

「……それって、なんか、プロポーズみたい……に、聞こえる」

「そのつもりだよ。今までずっと好きでいてくれてありがとう。まだ僕のことが好きなら、結婚を前提としてお付き合いしてくれると嬉しいな」

そう伝えた途端、ぶわりと彼女の目から涙があふれ出した。ぎょっとしつつも綺麗なハンカチを差し出せば、彼女は首を振って自分のハンカチを出した。

「せっ、せっかく綺麗にしてもらってたのにぃ！」

涙の勢いがすごすぎて、もう顔がぐしょぐしょだった。だけどその顔すら、僕には可愛くて綺麗に見える。

「今だって綺麗だよ」

「嘘《うそ》です、伊織さん嘘つきだもん。私のこと妹にしか見れないって言ってた！絶対好きにならないから諦めてって、言ってたもん！」

「それを言われると弱いな……」

彼女に恋をする前も、恋をした後も、同じように断っていた。僕にとって彼女は守るべき子どもで、同じような子どもと恋をするのが彼女にとっての幸せだと思っていたから。

ぐす、ぐすんと鼻をすする彼女は、なんとか涙を止めたようだった。

「……ずっとずっと大切にしてもらってたのに、これからも大切にしてもらっちゃって、いいの」

「いいよ。それくらいしかできないんだ」

「それくらい、じゃないよ。伊織さんは私がどれだけ伊織さんに大切にしてもらってきたか、わかってない。なんでわかってないの」

「わかってる、つもりなんだけどな……」

好きになる前から、彼女はずっと大切な女の子だった。告白の返事以外で、彼女を傷つけたことはないと思う。傷つけないよう、幸せに笑ってくれるよう、彼女の気持ちをよく考えて接してきた。

「絶対わかってない。わかってたら、それ『くらい』なんて言えないもん」

でもいいよ、と彼女は花開くように笑った。

「不束者《ふつつかもの》ですが……よろしくお願いします」

その笑顔が可愛くて、つい頭をなでたら「髪の毛までぐしゃぐしゃにしないで！」と割と本気で怒られてしまった。ごめん。

その16

Tatta ima Kangaeta Propose no kotoba wo Kimini Sasagugo.

棚を整理していると、後ろからさっちゃんの声がした。

「おい、バッタ」

バッタというのは僕のことだ。もちろん、あだ名。振り返ると、魚屋の前掛けをしたままのさっちゃんがいた。手には包丁を持っている。

「研いでくれ」

「むきだしで持ってこないでよ、通報されちゃうよ」

「いいだろ、近いんだからさ」

さっちゃんと僕は、同じ商店街で生まれ育った幼馴染《おさななじみ》だ。二人とも大学には行かず、そろそろ三十が見えてきた今も家業を手伝っている。

砥石《といし》で包丁を研いでいる僕の横で、さっちゃんが言った。

「そういやバッタ、聞いたか、駅の反対側に、またスーパーができるんだと。ほら、前にレンタルビデオ屋があったとこ」

「うん、聞いたよ。大変そうだね」

小説

たった今考えたプロポーズの言葉を君に捧ぐよ。

「なんだ他人事《ひとごと》みてーによー」

「うちは心配いらないよ。スーパーでおまけ程度に売ってるような金物と、品質がちがうもん。こうやって研げば長持ちするしね」

「うちだって心配いらねーよ。魚の鮮度がちがわぁ」

「さっちゃんとこの魚、おいしいもんね。はい、研ぎ終わったよ」

むきだしで商店街をうろつかれても困るので、きちんと包んだ包丁を渡す。

代金を払って包丁を受け取ったさっちゃんは「またな」と去っていった。

僕はいずれこの店を継ぐけど、さっちゃんにはお兄さんがいる。お兄さんが店を継ぐから、さっちゃんはいつか家を出ていくだろう。

ぼんやりとそんな風に思っていた。そしてそのたびに、ぼんやりとした寂しさが僕の胸に押し寄せるのだった。

ある日、駅のそばでさっちゃんを見かけた。正確にはさっちゃんらしき人だ。もしも、さっちゃんがワインレッドのワンピースドレスなんて着て、ばっちりメイクしたとしたら。そんなｉｆのさっちゃんがそこにいた。

「さっちゃん?」

「うわ、バッタ!　おどかすな!　……いえ、おどかさないでくださいませ」

「どしたの?　ずいぶんおしゃれして」

「お友達に誘われ申し遊ばせまして、お食事の席に行きますですのよ」

さっちゃんの同級生に、ＣＡさんがいる。その子の参加する食事会で急に行けなくなった人がいて、さっちゃんが呼ばれたそうだ。他の子がびっくりしちゃうかもしれないから、なるべくおしとやかにしろと言われたらしい。

「欠員が出て呼ばれるって……。それ合コンじゃないの?」

「そんなことはないと申しておりましたわ」

あたしはあたしを呼び出したやつをトイレに連れ出した。

「おい、これ合コンだろ」

「ほんとのこと言ったら、サチは来なかったでしょ。あんたのためなんだからね。こうでもしないと出会いの場がないじゃない」

「余計な世話を……」

小説

たった今考えたプロポーズの言葉を君に捧ぐよ。

「サチのこと気になるって言ってた人、いたでしょ」

「フィアンセ探しに来たとか言って、ほかのやつにイジられてたやつか」

「そう。あの人、ジョウネツマートの幹部役員らしいよ」

ジョウネツマート。確か、スーパーの経営がメインのベンチャー企業だ。

「優良物件なんだけど、女の好みにうるさくて誰も攻略できないんだって。つまり、サチはいま大チャンス！　もう今日、家まで行きなさい」

「はあ？　ふざけんな、あたしはそんな尻軽じゃねー」

そう言っていたのに、気づけばスーパー野郎の家にいた。酒の力は怖い。

十何階だかのマンションの、うちの店より広そうなリビングのソファに案内される。高級素材の癒《いや》し効果抜群ソファなんだろうが、あたしはかえって落ち着かなかった。ここに座ったら、すべてを受け入れてしまう気がする。

「何もないけど、果物でも切ろうか」

スーパー野郎がアイランドキッチンでナイフとリンゴを手に取っていた。へえ、意外と家庭的で優しいとこあるのね。

じゃないいじゃない！　あぶねえあぶねえ！

「あ、それなら、わたくしめがやりますのですの！」

あたしはキッチンに駆け寄った。悪魔のソファから離れたい。

「大丈夫。俺、料理得意だから」

スーパー野郎の言うことは確からしい。キッチンには用途に合わせた包丁がズラリと並んでいた。その中の一本を手に取ってながめる。

そしてあたしは、包丁をスーパー野郎に向けた。

「わっ、おい、なんだよ！　まだ何もしてないぞ！」

「これ、刃こぼれしてる」

スーパー野郎は包丁をまじまじと見た。

「ああ。じゃあ、新しいの買うよ」

「買うの？」

「だって刃こぼれしてるんだろ？」

あたしはなぜか、一気に酔いがさめた。


いつものように棚を整理しながら、僕は落ち着かなかった。昨日のさっちゃ

小説

たった今考えたプロポーズの言葉を君に捧ぐよ。

んの飲み会は、やはり合コンだったんじゃないだろうか。

でも、いい出会いがあるなら、さっちゃんが幸せをつかむきっかけになるのかもしれない。僕が口をはさむ義理なんてないはずだ。

「おい、バッタ」

振り返ると、いつものように前掛け姿のさっちゃんがいた。

「さっちゃん。昨日の飲み会、どうだった？」

「ああ……。行ってみたら合コンで、そのあと男の家に邪魔した」

「えええ！」

さらっととんでもない情報がもたらされる。

「……で？」

「包丁つきつけた」

予想とは違う角度の衝撃。

「は……？　え。で、ど、どうしたの？」

さっちゃんはニッと笑って言った。

「スーパーなんてクソくらえさ。そう思うだろ、フィアンセ」

その17

Tatta ima Kangaeta Propose no kotoba wo Kimini Sasaguyo.

「これ、なーんだ？」

手に持った本を見せびらかすように持てば、僕の恋人は何かを諦めるように目を伏せてしまった。

……そんな顔する必要ないのに。

「君の愛だよね」

彼女が答えてくれないのなら、自分で答えるしかない。彼女はぱっと顔を上げ、目を丸くして僕のことを見つめてきた。

——この本は、開いたまま彼女の机の上に置いてあった日記帳。

彼女の家に泊まっていいかは、今日ここに来る前に確認していた。だからうっかりしまい忘れたのだろうと、最初は見ないようにしていたのだ。けれど僕の名前が見えた気がして、つい読んでしまった。

そうしたらなんとびっくり。要約すると、僕のことが好きすぎて怖くなる、といった思いの丈がこれでもかというくらい綴《つづ》られていた。

小説

たった今考えたプロポーズの言葉を君に捧ぐよ。

「……引いてないの？」

びくびくと尋ねてくる彼女に、僕は心からの微笑《ほほえ》みを浮かべた。

「むしろ嬉しいよ。僕も愛してるんだから」

たぶん一般的に言えば、彼女の日記の内容は重い。人によっては確かに引いてしまうかもしれないし、怖がるかもしれない。

だけど僕も同じくらい好きだから、嬉しかった。こんなに好きなのは僕だけだと思っていたのに、彼女も僕と同じだったんだから！

どんなときでも会いたくなるし、何よりも彼女が大切。彼女がいないと生きていられない。一緒に歩いているとき、すれ違った男の人がかっこいいと少し不安になるし、異性のいる飲み会なんて本当は参加してほしくない。職場の異性ももっと警戒してほしい。メッセージの返信はすぐにほしいけど、こちらからの返信が早すぎると怖がられてしまうかもしれないから、連続して会話をするとき以外最低五分は空けて……みたいな部分まで、どうやら僕たちは同じようだった。

「結婚しよう」

嬉しさのままにプロポーズをすると、彼女はぐしゃりと顔をゆがめた。涙は出ない。彼女は泣くのが苦手で、そんな不器用なところも愛おしいのだ。

「勝手に読んじゃってごめんね」

まず最初に謝るべきだったのに、嬉しさのあまり頭からすっ飛んでいた。反省しながら謝ると、彼女もなぜか反省したように、首を横に振った。

「……実は、読んでもらえるように置きっぱなしにしてた」

「あ、そうなんだ。よかった、読んでいいやつだったんだね」

「バレて別れるなら早めがよかったから」

「はぁ⁉　絶ッッ対別れないから！」

思わず声を荒らげてしまった。

彼女の前でこんな声を出したのは初めてだったからか、彼女はとてもびっくりしたように目を瞬いた。それからふっと、おかしそうに笑う。

「……本当にあなたも私のこと、すごく好きなんだね」

「そうだよ。もう隠さなくていいと思うと気が楽になるな」

「しんどい思いさせちゃって、ごめんね……」

小説

たった今考えたプロポーズの言葉を君に捧ぐよ。

「全然！　僕のほうこそ、こんなに思い詰めさせちゃってごめんね」

　謝罪は一往復で終わらせる。僕たちの間の約束事だ。彼女は責任を感じやすい質《たち》で、何度も謝ってしまうから。

　今もまだ謝り足りなそうな顔をしているが、ぐっと言葉を呑み込んでくれたのがわかった。今日は彼女にとってかなりの異常事態だろうに、それでも約束を意識してくれて、守ってくれるのが嬉しい。好きだ。

「それで、返事を聞いてもいいかな？」

「……ずっと好きでいていいなら、私もあなたと結婚したい」

「もちろん、ずっと好きでいていいに決まってるよ。僕だってずっと好きだ」

　安心したせいか、彼女の目から涙が一粒だけころりと転がり落ちる。それを指先で拭ってあげると、彼女は幸せそうに微笑んだ。

その18

高校の入学式。初日から遅刻してきたその女の子は、髪の毛を派手なピンクに染めていた。絶対ヤバい子だ、とドン引いたのが、もう十年も前のこと。

同じクラスだった彼女とは、なぜかびっくりするくらいに馬が合った。大学もノリで同じところに行った。ルームシェアしているも同然なくらい、彼女は私の家に入り浸り、それで、なんか。


「もう君以外愛せないんだ。一緒に幸せな未来を作ろう」


――こういう真剣な顔で『……好き』って言ってきたんだよなぁ、と懐かしく思い出す。

あのときの彼女の髪は、甘くておいしそうなミルクティー色だった。今は社会人としてさすがに少し落ち着いた髪色で、透け感のあるダークグレージュ。

彼女がころころと髪色を変えるから、私はその度に好きな色が増えるのだ。

好きな人のおかげで好きなものが増えるというのは、とても楽しいし嬉しい。

今までの彼女の髪色を順に思い出していると、向かいに座る彼女は不安そう

小説

たった今考えたプロポーズの言葉を君に捧ぐよ。

に首をかしげた。ピアスが華やかに揺れる。今年の誕生日に私があげたものだ。

「……深月《みづき》？」

「あ、ごめん。聞こえたけど、もう一回言ってくれると嬉しいな」

「もう君以外愛せないんだ。一緒に幸せな未来を作ろう」

即座に一言一句同じ言葉を繰り返してくれる、私に甘いところが好き。

こういうときに、『一緒に』って言ってくれるところが好き。どんなことでも、どんなときでも、彼女は私を尊重してくれる。

ギャルみたいな見た目なのに、アンタとかお前じゃなくて、『君』って言ってくれるところが好き。可愛い声で、丁寧な言葉を扱うところが好き。

――私の答えなんて決まりきってるのに、緊張して震えちゃう、臆病なところが好き。

そんな彼女をぎゅっと抱きしめて安心させて、どこまでも甘やかすのは私の特権だ。だけど今は抱きしめるよりも先に、答えを言わなければいけない。

「私もとっくに、紗彩《さあや》以外愛せないよ。何も言わなくてもずっと一緒にいるだろうって思っちゃってたけど、やっぱり言葉があったほうがいいね」

来年も再来年も、十年後も、そうして死ぬまで、私の傍には彼女がいるんだと当たり前のように思っていた。単純な私とは違い、いろんなことを深く考える彼女にとっては、当たり前ではなかったんだろう。

「こちらこそ、一緒に幸せな未来を作ってほしいな」

さあきっと泣くぞ、と思いながら微笑んだら、彼女はぎゅうううっと目を固くつぶった。泣きたくないらしい。ちょっとしたことにでも感動して泣いちゃうの、可愛くて大好きなんだけどなぁ。まあこれは、ちょっとしたこと、ではないけど。

「う……ぅう……ありがとう……」

「うん、どういたしまして。私もありがとう。ぎゅってする?」

腕を広げたら、彼女はばっと立ち上がり、飛び込むような勢いで抱きついてきた。

本当に可愛いな。キスしたい。でも彼女は、自分が可愛い顔をしている、と確信できるときにしかキスを許してくれないのだ。いつだって可愛いのにさぁ。

とりあえず、よしよし、と背中をなでる。彼女のほうが二十センチも背が高

小説

たった今考えたプロポーズの言葉を君に捧ぐよ。

いから、ここまで力いっぱい抱きしめられると潰れちゃいそう。そもそも私が椅子に座っていて、彼女が立っている時点で、絶対姿勢に無理があるのだ。立ち上がって負担を減らしてあげたいけど、力が強すぎる。

「ねえ紗彩、キスしたいな」

「……だめ」

「えー、こういうときだけ私に甘くないよね」

「不細工な顔してるときにキスするくらいなら、髪の毛真っ黒にするほうが無量大数倍いい」

「バカな単位出してくるなぁ。真っ黒も絶対可愛いのに」

「世界で一番黒髪が似合うのは君だから」

「……ほ、ほう」

彼女が意地でも黒に染めない理由を、今初めて知った。ついでに、私が「髪染めようかな」なんてこぼそうものなら、すさまじい勢いで止めてくる理由も。

黒に染めると他の色に染めるのが大変になるらしいから、それで嫌なのかな、なんて思ってたのに、全然違った。いや、たぶんその理由も込みではあるんだろうけど。

間抜けな返事が面白かったのか、くっついた体がくすくす揺れる。こいつ。

「……じゃあさーやちゃん、私が髪の毛ピンクにするのと、自分が髪の毛真っ黒にするの、どっちがいい？」

「…………………………選ばなきゃいけないなら黒染めする」

すっごい沈黙の後、絞り出すような声で答えられて、今度は私が笑ってしまう。そんなにかぁ。

まあ、私にとってピンクというのは彼女の色なので、自分がそれに染まる気はないのだけど。せっかくのピンクが上手《うま》く視界に入らないなんてもったいない。

背中に回している手が、彼女の長い髪の毛にくすぐられた。なんとなく、指ですくってもてあそぶ。傷んではいるけれど、丁寧に手入れされているから、さわり心地はいいのだ。たまに私の髪の毛も手入れしてもらうと、ぴっかぴかのさらさらになってびっくりする。

「紗彩、そろそろ可愛いお顔を見せて」

小説

たった今考えたプロポーズの言葉を君に捧ぐよ。

「そう言ってキスするつもりでしょ。いやだからね」

　そう言いながらも、もう涙が出なくなったからか、彼女は私の体を離してくれた。キスのチャンスではあるけれど、ここまで嫌がられたら無理にキスするわけにもいかない。おとなしく諦めるか……。

　綺麗なネイルが施された指先で、彼女は残った涙を拭い取る。右手の薬指にはまっている指輪は、私とお揃《そろ》いのもの——そこでぴんと思いつく。

「ね、私たちって今、実質婚約したってことになるよね。お揃いの指輪はもういくつか持ってるし、婚約の品は腕時計なんかどう？」

「天才だと思う」

　相変わらず天才のハードルが低い。つい声を上げて笑ったら、彼女はくしゃみを我慢するような顔をした後、また私を抱きしめてきた。

　その顔、本当はキスしたがってる顔だって知ってるんだからね。

　そんな言葉は呑み込んで、ただ抱きしめ返す。ああ、これがもう、幸せな未来の一つだな。

その19

Tatta ima Kangaeta Propose no kotoba wo Kimini Sasaguyo.

いつも無表情で、必要最低限のことしか話さない女の子がいた。なぜだかその子がすごく気になって、しつこいくらいに声をかけまくっていたら——ある日ほんの微《かす》かに笑ってくれた。

その顔に、胸の中でごとんと盛大に何かが落ちる音がして、恋に落ちるときってこんな音がするんだなぁ、なんて、他人事のように思った。

あの頃に比べると、今の彼女は……。

「大分自然に笑ってくれるようになったよね」

「……そう？」

不思議そうに、彼女は自分の頬にふれた。

あれから僕は着々と彼女との距離を詰め、大分いろんな表情を見せてもらえるようになった。クラスが替わる前に、と告白をして、付き合えることになったのは数日前のことだ。

「確かに最近、顔が疲れる気がする」

小説

たった今考えたプロポーズの言葉を君に捧ぐよ。

「……嫌だ？」

「ううん。水沢《みずさわ》君がすごい人だなって思えて、嬉しいよ」

「なんで？」

首をひねる僕を見て、彼女は穏やかに目を細めた。出会った当初は氷のような雰囲気をまとっていたことを思うと、確かに僕はすごいのかもしれない。

……いや、でも、僕が彼女のいろんな表情を見たくなるのは、彼女のことが好きだからで。好きになったのは彼女が魅力的だからで、つまり僕じゃなくて彼女がすごいんじゃないか？

そう真面目に考え込んでいると、彼女は何か幸せなものを噛《か》みしめるように目をつぶった。

「楽しいことなんてもう何もないと思ってたのに、水沢君はほんとにすごい」

「……僕と一緒にいるのが楽しいならよかった」

「うん。水沢君といるのが楽しいから、今の私はなんだって耐えられるよ」

彼女は目を開けた。きらきらとした瞳で、僕を見つめて微笑む。

とても可愛いし、嬉しいことを言われたはずなのに、素直に喜べなかった。

だって僕は、苦しい時やつらい時、彼女に耐えてほしいわけじゃない。

気づけば彼女の手を握って、衝動的に伝えていた。

「君の苦しい時にそばにいたい。君を毎日笑わせたい。それが僕の夢なんだ。愛してる、結婚しよう」

僕たちは付き合い始めたばかりだ。おまけに高校生で、現実的に考えれば結婚なんてまだまだ遠い話。

だから、困った顔をされる心構えはできていた。答えをはぐらかされたって、そんな未来のことわからないとはっきりと言われたってよかった。

だけど彼女は、僕の予想とは違って、諦めたように笑ったのだ。

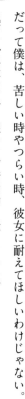

「……それは、嬉しい夢だな」

手を握る力を強くする。——諦められてたまるか。

「本気だよ。きっと今は、苦しいことがあったら、僕の顔とか言葉とかを思い出して耐えてるんだと思うけど、それだけじゃ嫌だ。我慢なんてしてほしくない。君の弱音をすぐに聞ける場所にいたいし、泣いてる君をすぐに抱きしめられる場所にいたい。たくさん笑わせたい。笑ってる君が、一番好きなんだ。本

小説

たった今考えたプロポーズの言葉を君に捧ぐよ。

気で君と結婚したいと思ってる。他のどんな夢も叶《かな》えられなくていいから、この夢だけは叶えたい。叶えさせてほしい！　それくらい、君のことが大好きなんだ」

我ながら、クサいセリフを吐いていているなと思う。たぶんこれは後で思い出して恥ずかしくなるやつだ。

だけど、今この気持ちを伝えられるなら、後のことなんてどうでもよかった。

「ねえ、好きだよ。嬉しい夢だって言ってくれるなら、一緒にこの夢を叶えてほしい」

じわじわ、じわりと、彼女の顔が赤く染まっていく。耳も首も真っ赤だった。息を止めていたのか、自分でも驚いたように慌てて吐いて、吸って。

それから泣きそうになりながら、か細い声を上げた。

「わ、わかったから、もうやめて……」

その顔は、今まで見てきた彼女の顔で一番可愛かった。……一番なんて、数え切れないくらいあるけど。

ホラーなプロポーズ

その20

Tatta ima Kangaeta Propose no kotoba wo Kimini Sasaguyo.

教室であの子はいつも、一人で窓の外をぼんやり見ていた。

男子たちが集まって、がやがやとくだらない話をしている雰囲気が、私は大嫌いだった。だから、そうじゃないあの子が、ちょっとだけ気になった。

「あいつ、霊感があるとか言ってるらしいぜ」

男子たちが噂《うわさ》していた。ベタなキャラづけまでして気を引こうなんて、本当は友達がほしいのかもしれない。そんな風にも思った。

ある日の夕方、たまたまあの子を見かけた。ずっと空きテナントになっているビルに向かって、一人でぼーっと立っていた。

ちょっとだけ気になってはいる子だけど、仲が良いわけでもない。話しかけるのは億劫《おっくう》だ。私は、気づかれないよう、足音を立てずにそっと後ろを通りぬけようと思った。

近くまで来た時、彼がポツリとつぶやいた。

「ずっと一緒にいよう」

小説

たった今考えたプロポーズの言葉を君に捧ぐよ。

「えっ」

私が思わず声を漏らすと、彼は少し驚いた様子でこっちを向いた。

「誰だ」

「え、いや、え、誰だって……、あの、同じクラスの――」

私は名前を言った。

「そういえば、見たことがある」

見たことがある、くらいの認識か。ちょっとショックな私に彼は言った。

「邪魔をするな」

またビルに向き直った彼は、それきりもう私に構わなかった。

それから、私は前にも増して彼が気になるようになった。

――「ずっと一緒にいよう」

あれは誰に向けての言葉だったんだろう。私は授業中も休み時間も、家に帰ってからも、彼のことばかり考えてしまった。

また、あのビルの前でぼーっと立っている彼を見かけた。私はいてもたってもいられず、今度は話しかけてやった。

「ねえ、ここで何をしてるの」

彼は面倒くさそうに返した。

「別に」

「別にってことはないでしょう」

「言う必要がない」

「そ」

私は彼のそばにあった、コンクリートの石垣に腰をかけた。

「なぜそこに座る？」

「言う必要がありません」

「む」

彼はちょっと不機嫌そうに眉根を寄せた。なんだか嬉《うれ》しかった。何を考えているかわからない不思議なやつの心を、ちょっと動かしたのだ。

「ねえ、ひょっとして、幽霊を待ってるとか？　霊感あるんでしょう？」

小説

たった今考えたプロポーズの言葉を君に捧ぐよ。

「……だとしたら？」

「だとしたら、すごいじゃん。もっと話、聞きたいな」

「僕は話したくない。僕は、幽霊以外は愛せないんだ」

愛、なんて言葉を日常で耳にしたのは初めてかもしれない。こいつは本当に幽霊を待っていて、愛なんて言葉を持ち出すほど大好きらしい。今度はなんだか悔しくなって、彼が帰るまでそこに居座ってやった。

そんな日々が、何日か続いた。

「今日も来たのか」

「うん。今日こそ、あんたの愛する幽霊ちゃんが来るかもしれないでしょ」

その頃には、そこそこ会話もするようになっていた。教室では相変わらずしゃべらないけれど、このビルの前では話してくれた。

彼は「見える」人で、このビルに居た女の子の幽霊に恋をしていた。最初に見かけたときの彼は、ちょうど告白をしているところだったらしい。でも、それ以来いなくなってしまったそうだ。

相手が幽霊でなくても恥ずかしい話なのに、そんなことまで話してくれた。

どう思われてもいいくらい、私に興味がないのか。それとも――。

愛《いと》しの幽霊は現れないまま、今日も日が沈んでいった。ため息をついて帰ろうとする彼を私は呼び止めた。

「ねえ。私が、あんたのこと好きって言ったらどうする?」

彼は珍しく戸惑った顔を見せてから言った。

「……夜、またここに来てほしい。そこで返事をする」


私は言われたとおり、夜に家を抜け出し、いつものビルの前まで来た。街灯の少ないこの通りは、夜は人影もなく暗い。


ガンッ。

そんな音が頭の後ろで聞こえたのを最後に、私は意識を失った。


目を覚ますと、さっきの通りよりずっと暗いところにいた。視界には、月の出た空が見える。でも、その視界はなぜか丸く縁どられていた。

何か黒いものが降ってきて、私の体にかかる。

小説

たった今考えたプロポーズの言葉を君に捧ぐよ。

「……土？」

私は穴の中にいた。土はすでに私の手足を埋めている。

「え……、なにこれ……」

視界に人の顔がひょっこりと現れ、月空を遮った。

「ねえ、誰？　ちょっと、これ、どういうこと？」

何者かは、私を見つめているようだ。でも、光を遮る顔は、もうただの黒いシルエットで、表情はわからない。

「まだ生きてたのか」

彼の声。それだけつぶやくと彼は視界から消え、また土の雨が降った。

状況が理解できないまま、次第に目や口にも土が入り、やがて私は、何を見ることも声を出すこともできなくなった。

まだかろうじて、頭は働く。私は彼の言葉を思い出した。

——**「僕は、幽霊以外愛せないんだ」**

そっか、なるほど。

彼はきっと私を、愛したいと思ってくれたんだ。

その21

Tatta ima Kangaeta Propose no kotoba wo Kimini Sasaguyo.

「君のカラダだけでもう十分さ。愛してる」

僕の口から出たのは、そんな告白の言葉だった。

さて、どうして僕が、こんなどうしようもない告白をすることになったのか。

それには、僕の個性……いや、正直に言おう。僕の、いかんともしがたい性癖が大きく関係している。

僕は、女性の肉体《カラダ》に、尋常ならざる執着を持っているのだ。

世間一般の男性が、女性に求めるものとは何だろう？　顔の作り？　頭の良さ？　社会的地位？　金銭感覚？　そんなものに、僕は全く興味を持てない。

僕は、肉体さえ良ければそれでいいのだ。

筋肉、骨格、肌の様子。そういったもの全てを総合した、肉体そのもののカタチこそが、僕の求めるもの。そしてそれは、大きいバストが好き、キュッと上がったヒップがたまらん、というような単純なものではない。

確固たる、理想的な肉体が存在しているのだ。

小説

たった今考えたプロポーズの言葉を君に捧ぐよ。

そして、僕にとっての理想の体現者であり、至上の肉体の持ち主こそが、今目の前にいる同級生の女の子だった。

クラス替えの日、教室にいた彼女を見た瞬間、僕の肉体に電流が走った。脳が理解するよりも早く、彼女に向けて駆け出し、告白の言葉を発していた。

しかし恐らく、この告白は失敗に終わるだろう。

だって、最初から肉体目当てだと言われて、喜ぶ女性などいるはずがない。お断りの返事をしてくれればいい方で、大半は返事の代わりに拳が飛んでくることだろう。

というわけで、彼女の返事はというと。

「うん、いいよ」

「いいの⁉」

まさかのＯＫだった。

「初デートは遊園地に行きたいわ」

「しかも結構乗り気⁉」

いや、ＯＫをもらえたことは素直に嬉しいのだけれど、本当にいいの？

「待って待って。冷静になろうよ。こんなおかしなことを言うやつの告白、あっさり受け入れたらダメだって」

「告白してきた本人に言われたくないんだけど」

それはそうだね。

「大丈夫。私、あなたのこと大好きよ」

「ありがとう。でも、僕と君って今日が会うのも話すのも初めてだよね？　それなのに大好きっておかしくない？」

「だから、告白してきた本人に言われたくないんだけど」

うん、全くもってそうだね。

「会うのも話すのも初めてだけど、あなた、さっき私のことをジッと見ていたでしょ？」

「……うん」

見ていたのは君じゃなくて、君の肉体だったけど。

「その時の目が気に入ったの」

「……目？」

小説

たった今考えたプロポーズの言葉を君に捧ぐよ。

彼女は、僕の目をジッと見つめて告げる。

「私、あなたの目が大好き。私をじっと見てくるその目、世界一好き。ルックスとか偏差値とか性格とか運動神経とか、そんなのどうでもいいの。どんな宝石よりも輝いて、どんな星よりも煌《きら》めいているあなたの眼球が、好き、好き、大好き。あなたがどんなに矮小《わいしょう》でつまらないゴミクズ野郎だったとしても、その眼球を持っているというだけで、私にとっては最高の王子様。だから私が死ぬ時まで一緒にいて、私のことを見つめていて。もしもあなたが先に死んだのなら、その眼球だけ取り出して、リビングに飾ってあげるから」

「…………うん」

僕は頷《うなず》いた。頷くことくらいしかできなかった。

だって、僕も肉体について語る時は、今の彼女と同じぐらい『うわコイツやべえ。絶対関わらないでおこう』って勢いで語るからだ。

僕が求めるのは、彼女の肉体だけ。

彼女が求めるのは、僕の眼球だけ。

まあ結構、お似合いなんじゃないかな、僕たちってさ。

その22

Tatta ima Kangaeta
Propose no kotoba wo
Kimini Sasaguyo.

僕には、大好きな漫画家さんがいる。

その漫画家さんはファンとの触れ合いを大切にする人で、定期的にサイン会を開いてくれる。サイン会の場所は、北から南、東から西まで、日本中あちこちに及んだけれど、僕はその全てに必ず参加していた。

結果、たくさんのサイン本を僕は手に入れた。

自室の壁という壁に、サイン本をはめ込んだ額を飾る。僕の部屋が、大好きな漫画家さんのサインで埋め尽くされる。

その光景を見ていると、本当に幸せな気分になれるんだ。

だけど、段々、それだけじゃ物足りなくなってきた。

果たして、本当に欲しいサインはこれなのか？　漫画家だから、本にサインを書いてもらう……そういう固定観念に囚《とら》われてしまっているのでは？

そんな風に考えた僕は、一つの決意をして。もう何度目かわからないサイン会へと向かった。

小説

たった今考えたプロポーズの言葉を君に捧ぐよ。

「今日も来てくれたんですね。いつもありがとうございます」

もう何十回もサイン会でお会いしているので、漫画家さんも僕の顔を覚えてくれている。彼女はいつものように、にこやかな笑顔で僕を迎えてくれた。

「あの、今回は本以外にサインをしてほしいんですけど」

「いいですよ。色紙か何かですか？」

「いいえ、顔です」

「なるほど、顔……え、顔!?」

「はい、顔です」

僕は、普段本を差し出しているのと同じ動きで、自分の顔を漫画家さんに向けて突き出す。そして。

「僕の顔に、死ぬまで消すことのできない君のサイン、入れてみない？」

そんな風に、心からのお願いをした。

「え、えええ……」

今までにこやかに対応してくれていた漫画家さんの声が震えている。無理もない。彼女だって、こんな要求を受けたことなんてないだろう。

「安心してください。ちゃんと顔に書きやすい油性ペン持ってきてますから」

「いえ、あの、そういうことを言っているんじゃなくて……」

「サインして頂けたら、もう顔は一生洗いませんから！」

「顔は洗った方がいいと思いますけど……」

「もうこれっきりで構わないんです！　お願いします！」

「……わかりました。本当に、最後にしてくださいね？」

漫画家さんは沈んだ顔でペンを手に取ると、僕の顔にサインをしてくれた。

幾度となく見てきた彼女のサインが、自分の顔に書かれている間、僕はとろけそうな快感を味わっていた。


そして、次のサイン会。


「ヒッ⁉」

僕の顔を見るなり、漫画家さんの顔が強《こわ》ばる。周囲のスタッフも明らかに警戒しているようだ。

「また、本以外にサインをしてほしいんです」

小説

たった今考えたプロポーズの言葉を君に捧ぐよ。

「前回が最後じゃなかったんですか？」

「これが本当の本当に、最後のお願いです。どうしても、最後にしてもらうべきサインを思いついてしまったんです」

「顔に油性ペン以上のサインなんてないと思いますけど」

「そんなことはありません。これでサインをしてほしいんです」

「ヒッ⁉」

僕が、ポケットからナイフを取り出すと、彼女の口から悲鳴が漏れる。

「誤解しないでください。別にあなたを傷つけるつもりはないんです。むしろ僕を傷つけてください。僕の顔に、このナイフで、あなたのサインを書いてほしいんです。深く、思い切り、ザクッとやってください。遠慮なんて要りません。決して治ることのないくらいに強く。あなたの名前を、僕に永遠に刻みつけてほしいんです」

「警察呼んでー‼」

その23

Tatta ima Kangaeta Propose no kotoba wo Kimini Sasageyo.

「よーし、今日から頑張るぞー！」

今日は、僕の社会人生活が始まる日だ。

過酷な就職活動を乗り越え、ようやく手にした内定。新品のスーツに身を包み、これから先に待つ社会の荒波に、緊張と不安、そして若干のワクワクを抱きながら、僕は入社式に出席する。

「……あれ？　君は？」

すると隣の席に、見知った顔の女の子を見つけた。

彼女は僕に気が付くと、偶然だね、と言って微笑《ほほえ》む。

確かに、すごい偶然だ。まさか、知り合いと同じ会社に入っていたなんて。

「でも、知っている人がいるってのは、ちょっとホッとするよね」

なんだかんだで、不安なことも多い新生活。そんなところに、気安く話のできる知り合いがいるというのは、とても嬉しいことだ。

僕は元々、女の子と話すことはそんなに得意ではなかったけれど、彼女だけ

小説

たった今考えたプロポーズの言葉を君に捧ぐよ。

は特別。

「何しろ、ずいぶんと長い付き合いだからね」

そう、長い付き合い。彼女とは、僕が社会人になる前……大学生の時、同じ大学に通っていた関係なのだ。

卒論の追い込みと、就職活動の忙しさで、しばらく話す機会はなかったけれど、同じ学部の同じ学科、そして同じゼミにも所属していたのだから、大学生活のほとんどを一緒に過ごしてきたと言っても過言じゃない。

「そうそう、バイトも同じ店だったっけ」

学業だけじゃなく、放課後も一緒だった。

これまた偶然、僕と彼女は、同じ居酒屋でアルバイトをしていた。シフトも同じだったことが多く、そうなると、朝から晩まで、同じような生活をしていたことになる。

「……あれ？　ちょっと待てよ？」

よく考えてみれば、大学だけじゃない。

僕たちは、通っていた高校も同じだった。

どこの大学を志望しているのか、教えたことなんてなかったけれど。大学受験の日に試験会場で偶然会って、話をしたことを覚えている。

そうだ、僕たちは高校の時も一緒にいたのだ。

「……待てよ？　それだけじゃないぞ？」

僕は記憶を遡っていく。

高校に入る前、中学生の時のこと。

中学校に入る前、小学生の時のこと。

小学校に入る前、幼稚園の時のこと。

思い返せば、どの時も、彼女は僕のすぐ近くにいた。

僕のそばにいて、僕と一緒の人生を送ってきたのだ。

「……あ、あのさ。ひとつ、聞いてもいいかな？」

僕は、隣の席の彼女にたずねる。

僕が聞いたのは、彼女が生まれた病院の名前。

しかし、そんな妙な問いに対し、彼女は何でもないことのように、ひとつの名前を告げる。その、病院の名前は。

小説

たった今考えたプロポーズの言葉を君に捧ぐよ。

「ハハハ、僕と……同じ病院だ」

ここに来て、僕もようやく気が付いた。

最初から、何も偶然じゃないってことに。

「僕は、君からは逃げられない、ってコト？」

そう訊《き》くと、彼女はこれまでと同じように、柔らかく微笑んだ。

ただ、その笑みは。

今の僕にとっては、まるで捕食者が浮かべるもののようにしか、見えなくなっていた。

僕はきっと、彼女と一緒の人生を、これから先も歩み続けるのだろう。

いつまでも、どこまでも。

最初から、生まれた瞬間から、そう決まっていたかのように。

それは、これまでと何も変わらない人生のはずなのに。

今の僕には、とても恐ろしいもののように思えた。

その24

Tatta ima Kangaeta Propose no kotoba wo Kimini Sasaguyo.

「ン、んん……」

眠れない。

真夏の夜。どうしても、眠りに落ちることができず。私は、布団の上で何度も寝返りを打っていた。

暑さから来る寝苦しさは確かにあるけれど、それとは性質の違う不快さが、全身にまとわりついている。

「……ううん」

明日も学校だ。どうにかして眠らなくてはならない。そうわかっているのに、眠気はいつまで経《た》っても訪れない。

こうしていると、あの瞬間のことを考えてしまいそうになる。だから目をつむって、何も考えないように、何も考えないように……。

しかし、眠ろうと思えば思うほど、考えないようにしようとすればするほど、逆に目が冴《さ》えていく。

小説

たった今考えたプロポーズの言葉を君に捧ぐよ。

だからだろうか。
それに、気が付いてしまった。
「……ッ」
ぞわりと。
足の指先を撫《な》でられたような感触。
いる。何かが、足元に。
私の足に、まとわりつくようにして、何かが存在している。
ペットのタマが潜り込んでいるのではない。
粘着質の、生温かい泥のような感触だ。
考えたくない。
眠りたい。
なのに、どうしてもその感触から逃れられない。
恐る恐る身を起こして、枕元に置いてあったスマホで、足元を照らし。
そこに。
あの子、がいるのを見つけた。

「ひぃッ⁉」

物心付いた頃からあの日まで、毎日一緒に過ごし、毎日一緒に遊び、毎日一緒に学校に行った、あの子。

つい一週間前のあの日、私の目の前で車に撥《は》ねられた、あの子。

覚えている。

助けを求めるように、私に向けて伸ばされた、あの子の手。

おかしな方向にねじ曲がったまま、遠くに転がっている、あの子の足。

そして。

赤いペンキをぶちまけたかのような鮮烈な、あの子の中身。

「――――ッ⁉」

あの子の腕が、赤色が、私の足首を掴《つか》む。強く。強く。強く。強く。

足に伝わる痛みと、あまりの恐ろしさに。

私はあっさりと、意識を手放す。

しかし、意識を失う直前、聞こえた気がした。

「君は僕の一部なんだよ。君を死んでも離さないよ。引き裂かれても大切にす

小説

たった今考えたプロポーズの言葉を君に捧ぐよ。

るよ」

あの子の、声が。

スマホのアラームで目を覚ます。

「なんだか、嫌な夢を見たような……」

パジャマが、汗でびっしょり濡《ぬ》れている。暑さのせいと言うには、少し大袈《おおげ》裟《さ》すぎるほどの濡れ方だ。

とにかく着替えようと起き上がって、それに気が付いた。

あるいは、考えないようにしていたのか。

でも、気づいてしまったからには、もう無視できない。

「あ、ああ……」

私の足首に、真っ赤な手形がこびり付いている。

決して離さないとでも言うように。

あの子の痕跡が、そこに確かに残っていた。

へんてこプロポーズ

その25

Tatta ima Kangaeta Propose no kotoba wo Kimini Sasaguyo.

そもそも、出会いがない。そう嘆いている青年がいた。本当は他にも原因はある。例えば人見知りで社交性に欠ける性格などだ。

人見知りでも、正義感はそこそこある。ああ、もしも道に女性が倒れていたら。すぐに助けて、それをきっかけに物語が始まるかもしれないのに。

なんて都合のいいことを思っていたら、運良く道に女性が倒れていた。

「あ、あの、大丈夫ですか?」

シーツみたいに白いワンピースを来て、ボサボサの髪をした童顔の女はうめくように言った。

「……ああ、通りすがりの人間……。もしも、お前たちがコムギコと呼んでいる粉があれば、分けてくれないか……」

残念ながら男には、常に小麦粉をかばんに入れて持ち歩くような怪しい趣味はない。しかし、幸いコンビニで買ったパンがあった。

「あの、バターロールでもいいですか」

小説
たった今考えたプロポーズの言葉を君に捧ぐよ。

「コムギコがほしいと言っている」

「その小麦粉から作られたものです」

女は恐る恐るパンをちぎって口に入れた。そして、二口目からは手が止まらず、あっという間に食べきってしまった。それと同時にボサボサだった髪はつややかに輝き出し、風にサラサラと揺れた。

「コムギコからこのような形状のものを作れるとは、人間もあなどれぬ。力がみなぎるだけでなく、まことに美味であった」

それから、女は自分が天界から来た天使であること。小麦粉が天使の力の源であること、そして人間界に来たばかりで小麦粉を補充する方法がわからず、野垂れ死にするところであったことを告げた。

「どうだ人間、天使を初めて見て驚いたか？」

漫画やアニメをよく見る男は、なんとなくうっすら天使的な存在じゃないかなと感じていたのだが、空気を読んで一応驚いておいた。

「よし、人間。助けてくれた礼に、お前の願いを叶《かな》えてやろう」

とても運が良い。男は、結婚相手がほしいと正直に告げた。

「そんなことか。それならば、どんな人間の女でも自分に好意を持たせることのできる天使の呪文を教えてやろう」

「本当ですか？」

「ただし、その願いを叶える代償となると、今のばたーろーるとやらの恩だけでは天界の規定に反する。これから、私の言う頼みを聞いてもらうぞ」

それから、天使は男の前にたびたび現れては頼みごとをした。小麦粉の入った食品の無心が多かったが、地球の生物や、人間の能力や技術についての知見を求められることもあった。

男は地球の生態系について教えるため、動物園や水族館に連れていった。人間の想像力について教えるため、美術館や映画館に連れていった。人間の建築技術について教えるため、遊園地や展望台に連れていった。

ある日、男に連れられていったフレンチの店で、天使は満足そうに言った。

「人間の食品加工技術は素晴らしいな。バゲットとやらも美味であった」

「気に入ってくれた？」

「ああ。そして、これで完了だ。この頼みで、お前の願いを叶えてやることが

小説

たった今考えたプロポーズの言葉を君に捧ぐよ。

できる。どんな人間の女でも自分に好意を持たせることのできる天使の呪文を教えてやろう。それは、ラブラ・アルバ・メロメロだ」

「なんか恥ずかしい響きだな」

「ただの文字の羅列だ。気にするな」

まあ、確かに相手が実際メロメロになるのならば何の問題もない。男はしっかりと呪文を覚えた。

「ところでお前、その呪文は誰に使うのだ?」

男は返答に困った。よく考えたら、そもそも出会いがない。呪文があっても言う相手がいない。まったくの他人に言うのは不安だ。心の汚い女の可能性だってある。不安を埋めるには、一緒にしばらく過ごして相手を知らなくてはなるまい。それができないから呪文がほしかったのに。

男は言った。一緒にしばらく過ごし、好意を持っていた者に。

「きみだよ。ラブラ・アルバ・メロメロ。結婚しよう」

天使は照れながら、小さくうなずいた。

呪文は人間にしか効果がなく、天使にとっては、ただの文字の羅列なのに。

その26

Tatta ima Kangaeta Propose no kotoba wo Kimini Sasaguyo.

「この時代でも、君に出会えて嬉《うれ》しいよ」

「やっぱり私たちは、運命の糸で結ばれているようね」

「それじゃあ、今世での再会を祝して乾杯しようか」

「ええ、乾杯」

僕たちは、昼下がりのレストランでグラスを交わしていた。

「それじゃあ聞かせて、あなたの言葉を」

急《せ》かしてくる彼女に、僕は苦笑いしながら、その言葉を口にする。

もう、何度言ったのかわからないけれど、その度に幸せな気分になる、そんなプロポーズの言葉を。

「神話の時代から未来まで、君のことばかり考えてる。君が欲しいんだ。結婚しよう」

「もちろんＯＫよ」

僕が言い終わるや否や、彼女はすぐにそれを受け入れた。

小説

たった今考えたプロポーズの言葉を君に捧ぐよ。

驚くことは何もない。なぜなら、僕がプロポーズすることを彼女は知っていたから。そして僕もまた、彼女がプロポーズを受け入れてくれることを知っていたからだ。

だって、僕たちは前世からの恋人だから。

いや、前世だけではない。前世の前世。更にそのまた前世。前前前世よりも、ずっとずっと前から、僕たちは恋人同士だった。

僕たちは、この地上で命を授かってからずっと恋人同士で、それはきっと、この先の未来、来世においても変わらない。僕たちは必ず何らかの形で出会い、そして恋に落ちるのだ。

これは妄想ではない、純然たる事実。誰に言っても信じないだろうが、少なくとも僕たち二人はそれを知っている。

「それじゃあ、改めてランチを頂こうか」

「そうね、このサラダ、美味《おい》しそう」

二人で食事をするのも、今世においては初めてだけど、それ以前では何回も、何万回も経験している。

「そういえば、マンモスの肉なんてものを一緒に食べたこともあったね」

「あれは何万年前のことだったかしら。少なくとも、この島でのことじゃなかった気がするけど」

「日本に来てからは、もう千年くらい経《た》っているのかな？　昔は、年号なんてしょっちゅう変わっていたけど、今回はえらい大騒ぎだったよね」

「それだけ平和ってことよ。素晴らしいことだわ」

　そんな、僕たちの間だけで通じる会話をしながらランチを楽しむ。

「メインも食べ終えたし、そろそろデザートをもらおうか」

　僕は、店員さんに声を掛けて、食後のデザートを配膳してもらう。

「……これは」

「リンゴ……ね」

　デザートとして出てきたのは、毒々しいまでに赤いリンゴ。それを見て、僕の顔が曇る。きっと彼女も、同じような顔をしていることだろう。

　なぜなら僕たち、リンゴには若干のトラウマがあるからだ。

「ねえ、覚えてるかい？」

小説

たった今考えたプロポーズの言葉を君に捧ぐよ。

「もちろん。忘れもしないわよ」

「あそこ、エデンって言ったっけ？　暖かくて、過ごしやすかったのにね」

「いちいち服を選ぶ必要もなかったから楽だったのよね。リンゴを食べたぐらいで追い出さなくてもいいのに」

「あれから、色々と苦労したよね」

「思い出してきたら、ムカついてきたわ」

「下げてもらおう」

「そうね」

残すのはもったいないけれど、こればかりは仕方がない。店員さんを呼んで、お皿ごとリンゴを下げてもらおうとしたところで。

「……うわ最悪」

彼女の顔に、嫌悪の表情が浮かぶ。

どうしてだろう、と彼女の視線を追いかけてみて、僕にも理由がわかった。

リンゴを下げにやってきた店員さんの、胸元に付いている名札。

そこには、『蛇島』と書かれていたのだった。

その27

Tatta ima Kangaeta Propose no kotoba wo Kimini Sasageyo.

今この星は、『魔神』という名の脅威に晒《さら》されている。

数年前、突如北の大地に現れた魔神は、数多《あまた》の魔物を従え、人間たちへの侵攻を開始。たった数年で、この星の半分以上を支配するに至った。

数多くの戦士たちが魔神討伐に挑むも、その強大な魔力と、不死身の肉体の前に刃が立たず。やがて、挑もうとする者すらいなくなった。

そうして、この星の未来全てが暗黒に閉ざされようとしたまさにその時、一つの希望が、中央聖教会よりもたらされる。

中央聖教会に代々受け継がれている秘術。それは、あるものと引き換えに、魔神を封印することが可能という奇跡の御業《みわざ》だった。

倒せないのならば、封印してしまえばいい。この提案は、世界中の王や指導者たち全員の賛成をもって可決された。

引き換えになる『あるもの』とは、とある聖女の清らかなる魂——つまりは命であることは皆知っていたが、その犠牲に異を唱える者はいなかった。

小説

たった今考えたプロポーズの言葉を君に捧ぐよ。

この星に住む全ての生き物の命と、たった一人の聖女の命。

どちらが優先されるべきかは、比べるべくもない。王や指導者たちにとっては、明らかなほどに確実で、当たり前な選択だった。

そして今日、中央聖教会の大聖堂にて。

いよいよ魔神封印の儀式が執り行われようとしていた。

「…………」

大聖堂内に居並ぶ高位聖職者たちが、一様に祈りを捧《ささ》げる中、聖女は目の前にある儀式台を、ぼんやりとした瞳で見つめていた。

「…………」

決して運命を儚《はかな》んでいるわけではない。

むしろ、自らの命と引き換えに、この星の全ての命を救うことができるのだ。

栄誉と受け取るべきことなのだろう。

理屈ではわかっている。異を唱えるつもりもない。

しかし、なぜか体に力が入らず。

見る物全てが色彩を失い、世界はモノクロに変わっている。

「――――!!」

儀式の開始を告げる声が発せられる。その声を上手《うま》く聞き取ることはできなかったが、決められた通り、聖女は儀式台に向け、一歩を踏み出そうとして。

「ちょぉっと待ったぁぁぁぁぁ!!!」

その瞬間。かん高い叫び声が、大聖堂内の空気を打ち破った。

どこに隠れていたのか、聖職者たちの背後から現れた少年は、聖女の前に躍り出る。そして。

「やあ！　久し振り聖女様！」

「……え？　アナタは……？」

「あれ、覚えてない？　俺、教会の前で行き倒れてたところを助けてもらったことがあるんだけど……って、話は後だよ！　急いでここを出よう！」

「出ようって……そんなことできません」

「え、どうして？」

「だって、私は魔神を封印するための犠牲にならなくてはならないのです。こ

小説
たった今考えたプロポーズの言葉を君に捧ぐよ。

の星の未来のために」

「えー？　それ、やめにしない？」

「……はい？」

少年は、虚を突かれた聖女の身体を、半ば無理矢理《むりやり》に抱きかかえると。

「この星の未来なんてクソくらえさ。君を失いたくないんだ。結婚しよう！」

そう、告げた。

「…………はい？」

「それじゃ行こう‼」

少年は、聖女を抱きかかえたまま走り出す。殺気だった衛兵たちの手をかいくぐり、泡を食った様子の高位聖職者たちの横を抜け、外に飛び出す。

「いいい、行くってどこにですか？」

「決まってるよ！　新婚旅行さ！」

「ええええええ⁉」

聖女は、信じられないことを言う少年に驚きの目を向ける。

その瞳には、失ったはずの色彩が戻っていた。

その28

Tatta ima Kangaeta Propose no kotoba wo Kimini Sasaguyo.

獣人、鳥人、魚人、竜人――。種族を問わず、様々な客でごった返す酒場に一人の看板娘がいた。人間の娘だが、どんな客でも分け隔てなく笑顔で接する彼女と、お近づきになりたいと考える者は、種族を問わず多い。

カウンターの隅で一人、彼女をちらちらと見ている獣人の青年も、その一人であった。二足歩行ではあるが、人間らしい部分の方が少ない。

――ブヒ。今日もあの子、可愛《かわい》いな。

常連客と親しげに話す彼女を横目に見てはいるが、会話には入ろうとしない。いや、なかなか入れずにいるというべきか。

「なあ、俺と一緒になろうぜ。モウ」

常連客と見える、半牛半人の男が看板娘に言った。腰から上が牛の体をしている。かなり酒が入っているから、本気の発言というわけでもない。だが、可能性を探るという意味では、まったくの冗談というわけでもない。

看板娘は笑顔で返した。

小説

たった今考えたプロポーズの言葉を君に捧ぐよ。

「ふふ。またそんなこと言って」

「俺はよ、モウ。腕っぷしに自信があるんだぜ。自慢の角だって折れるこたぁねえ。もし俺と一緒になったら、悪い男から守ってやるよ」

「ヒヒン。悪い男というのはお前自身だろう。ヒヒン」

牛男の隣にいた、半人半馬の男が遮るように言った。腰から下が馬のようになっており、人間の腕とは別に馬の前足、後ろ足がある。

「力だけの男より、私と一緒になりましょう。ヒヒン。あなたをこの背に乗せて走ってあげられます。どこへだってあなたを連れていきましょう」

そう言うと、馬男は蹄《ひづめ》を床に打ちつけ、パカパカと鳴らしてみせた。

「もちろん悪い男などいれば、私が弓矢で追い払ってみせましょう」

「バサバサ。だったら、おいらと一緒になった方がいい」

馬男の隣にいた、半人半鳥の男が言った。顔は人のそれであるが、腕のかわりに翼がついており、足は猛禽類《もうきんるい》のような形で鋭い爪を持っている。

「きみを乗せて空を飛んであげる。空を飛ぶのは気持ちがいいよ」

鳥男がそう言って翼を羽ばたかせると、羽毛がふわっと舞い散った。

看板娘は、いつもの笑顔を向けながら三人に言った。

「ふふ。ごめんなさい。わたし、こう見えて意外と力持ちなの。それに、遠くに行ってみたいところはないし、高いところも苦手かな」

――よかった。ブヒ。

「モウ。やっぱり人間の男の方がいいのかい」

「ううん。そういうわけじゃないけど」

「じゃあ、どんな男性が好みなのですか。ヒヒン」

娘は、あごをつまむような仕草をして少し考えてから、男たちに言った。

「そうね。わたしは、おもしろい人が好き。冗談の言える人」

男たちは考え込んだ。このあと冗談を一番早く言った者が、彼女を射止められるとでも解釈したかのように。

隅の豚男も同じであった。ここでおもしろい冗談のひとつも言えれば、他の男たちよりも、頭一つ抜けられるかもしれない。

――おもいついたのです。ブヒ。

――でも、僕は……。他のやつらよりずっと、獣の部分多いし……。

小説

たった今考えたプロポーズの言葉を君に捧ぐよ。

——いや、ここで動かなきゃ男じゃない。ブヒ。

男は勇気を出して、娘に声をかけた。

「あ、あの」

「はい。ご注文ですか」

「きみを笑わせたいんだ」

「え」

「……トンでもなく好きだよ。豚だけに」

男が言った瞬間、時が止まったような静寂が店に訪れた。

——しまった。おもしろくなかった……。ブヒ……。

落胆する男に、彼女は不思議そうに尋ねた。

「あの……。『豚だけに』というのは、どういう？」

「え……」

ほとんど獣である青年——鼻と耳「以外」の部分が豚のような姿である獣人を前に、娘はきょとんとしていた。

豚だけに。

その29

Tatta ima Kangaeta Propose no kotoba wo Kimini Sasagu.

「……なんで、こんなもの拾ったんだっけ？」

私は、机の上に置かれている、古びたランプを見ながら呟《つぶや》く。

道の隅っこに落ちていたそれを、私はなんとなく拾い、なんとなく家にまで持って帰ってきてしまった。

「やっぱり、お巡りさんに届けないとダメだよね、これって」

そう考えて、ランプを手に取った瞬間。中から白い煙が吹き出してきた。

「ななな、何⁉」

慌てる私の目の前で、煙は次第に人の形に変わっていく。やがて、完全に人の形になったそいつは、尊大な様子で腕を組むと。

「やあ、ボクを喚《よ》び出したのは、キミかい？」

そんな風に、私を見下ろして喋《しゃべ》り始めたのだった。

「ウソ……まさか、ランプの魔人？」

「そのまさか！　ボクはランプの魔人さ！」

小説

たった今考えたプロポーズの言葉を君に捧ぐよ。

　そいつは自ら魔人と名乗った。胡散臭《うさんくさ》いことこの上ないけれど、超常的な光景を見せられては信じざるを得ない。

「それで、ランプの魔人が、何の用なの？」

「おかしなことを言うね。それはこちらの台詞《せりふ》だよ。願いがあるから、ボクを喚んだんじゃないのかな？」

「願いって……まさか、何でも叶えてくれるの⁉」

　思わず身を乗り出して叫んだ私を、魔人は手で制する。

「残念だけど、何でもとはいかないな。ボクにできることは一つだけだ」

「なーんだ、使えない」

「そう、人間の恋愛感情を操作して、選んだ相手を恋に落とすことぐらいさ！」

「超使えるじゃん！」

　それ以外に願うことなんてないよ、私ぐらいの年頃の女の子なんて！

「それは良かった。ほら、誰でも好きな相手の名前を言うといい。すぐに恋に落としてあげるよ！」

「ちょっ、ちょっと待って！　今考えるから！」

クラスで良いと思っている男子は沢山いる。成績学年一位の山下くんとか、サッカー部のキャプテンの高橋くんとか。将来のことを考えると、家がお金持ちな吉田くんという手もある。いや、ここはやっぱり、クラス一のイケメンである三島くんにしておくべきか？

と、そこまで考えたところで。

「……やめた。やっぱり」

「どうしたの？　好きな相手はいないのかい？」

「そうじゃないよ。でも、なんかズルいなって思って」

「ズルい？」

「こういうことって、誰かに叶えてもらうことじゃないよ、きっと。自分でしっかり考えて、自分でちゃんと決めないといけないことなんじゃないかな」

そう、魔人に叶えて貰《もら》うなんて、そんなのは良くない。

「だから、せっかく喚んだのに悪いけど……って、何で泣いてるの⁉」

魔人は泣いていた。そりゃもう号泣だった。

「素晴らしい！」

小説

たった今考えたプロポーズの言葉を君に捧ぐよ。

「え？」

「キミみたいな、高潔な精神の持ち主に出会ったのは初めてだよ！」

「そ、それは、どうも……？」

「ボクはキミがとても気に入った！　だから――」

魔人は、私の手を強引に掴《つか》むと。

「マジン、フォーリンラブ！　結婚しよう！」

そんなことを、真顔で叫ぶ。

私は、魔人の手をゆっくりと引《ひ》き剥《は》がすと。

「ごめんなさいっ！」

魔人が出てきたランプを即座に掴んで、そのまま窓から放り投げた。魔人も、ランプに引っ張られる形で、窓の外へと飛んでいく。

「ハハハ、ボクは諦めないよ！　必ず戻ってくるからね～‼」

なんだか恐ろしい言葉が聞こえた気がして、私はピシャッと窓を閉めた。

もちろん、鍵を閉めるのも忘れなかった。

その30

真夜中の公園のベンチで一人、考えごとをしていた若い男の前に、黒ずくめの男が現れた。顔にも黒いマスクをしており、黒いキャップに黒いサングラスをかけている。

「今は、西暦何年ですか」

答えようとする若い男を制して、黒ずくめは言った。

「ああ、結構。今が西暦何年かは知っている。きみはこう思ったはずだ。『今が何年か聞くなんて、この人は未来から来たのかもしれない』と。きみの推測は当たりだ。つまり、今のはただの挨拶さ」

男は小さなコップを取り出した。コップを逆さにすると、液体が地面にこぼれ水たまりのように広がる。広がった液体はまだらに色を変え、やがて空を飛ぶ鳥の絵を形づくった。いや、よく見れば絵ではない。鳥は羽ばたき、背景の空も動いている。さながら、液体でできたスクリーンといえた。

「信じてくれたかな」

小説

たった今考えたプロポーズの言葉を君に捧ぐよ。

原理はわからないが、こんな技術が現代にないことは確か。男は信じた。

「私は、ある人物によって未来から送り込まれた分身だ。オリジナルと同じ記憶と思考を持ち、自ら考え行動することができる。いわば、時をさかのぼる自立型のアバター」

突拍子もない話だったが、さっきの不思議アイテムを見せられたあとでは信じざるをえない。

「そして、ある人物とは、未来のきみだ。未来のきみから今のきみへ、ある使命を伝えるため、この時代へ来た」

困惑している若い男に構わず、黒ずくめは話を続けた。

「手短に話そう。きみは明日、ある女性に結婚を申し込もうと思っているね」

若い男は驚いた。まさにその通りで、なんと言ってプロポーズしようか、今公園で考えていたところだったからだ。

「残念だが、プロポーズは失敗する。それで気力を失ったきみは自暴自棄になり、酒と賭け事に溺れ、やがては周りの信頼も仕事もすべて失う」

若い男の心は激しく動揺した。

「プロポーズに対する彼女の返事はこうだ。『あなたは誠実だけど、真面目すぎて、一緒にいたら息が詰まる。今のプロポーズで、それがよくわかった』」

若い男は閉口した。今公園で考えていた言葉は、誠実さと真面目さを示すようなものだったのだ。

「そんなに暗い顔をするな。逆に考えれば、言葉の選択さえ謝らなければ、きみには明るい未来が待っている」

黒ずくめは、言い含めるように続けた。

「いいか。明日きみはこう言うんだ。『**一緒に暮らさないか？　僕と籍入れてみない？　ダメですか？**』」

若い男は疑問に思った。とても良いプロポーズとは思えない。

「確かに頼りなく、いい加減で、軽い言葉だ。これはこれで失敗するのではと思うのも無理はない。しかし、これはきみのあとに彼女と交際することになる男が、プロポーズを成功させた言葉だ。すでに実績はある」

若い男は懸念を口に出した。それで本当に自分のプロポーズがうまくいってしまえば、彼女とその男の幸せを奪うことになるのではないかと。

小説

たった今考えたプロポーズの言葉を君に捧ぐよ。

「きみは優しいな。それは私の知る未来の話。今はまだ彼女とそいつは出会ってもいない。今、きみが先に彼女を射止めれば、出会う機会すらない」

確かにそうかもしれない。若い男は納得した。

「私はまた明日の夜中、この公園に来る。いい報告を聞かせてくれ」

若い男は公園を後にした。

一人になった黒ずくめは、ほくそ笑んだ。これでいい。これでやつのプロポーズは失敗する、と。

彼は嘘《うそ》をついたのだ。未来からここへ黒ずくめを送り込んだのは、さっきの若い男ではない。本当は、さっきの男よりも数年前に、同じ女と付き合っていた男だった。

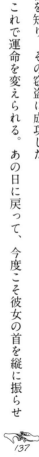

アバターの主は、いい加減なプロポーズで彼女に求婚し、断られた。それから愛想をつかされ破局し、すべてを失った。絶望の中、彼は法に触れる仕事に手を染めはじめる。月日は流れ、自立型アバターで時間遡行ができる装置の存在を知り、その窃盗に成功した。

これで運命を変えられる。あの日に戻って、今度こそ彼女の首を縦に振らせるのだ。彼は小躍りした。

ところが残酷な現実を知る。時間遡行ができるのは三十年前まで。自らがプロポーズに失敗した日へさかのぼるには、数年分足りない。

最後の希望をも失った彼は、自分のあとに彼女と交際し、そのまま結婚することになる男のもとへアバターを送り込んだ。そして、自らが失敗したプロポーズの言葉をふき込んだというわけだ。

願いが叶わないのなら、自身を破滅させた女と、その女の伴侶となる男の幸せを奪ってやろう。もうそれしかできることはないのだ。

翌日の夜。黒ずくめは胸を躍らせながら、若い男が公園へやってくるのを待った。復讐《ふくしゅう》に形を変えたとはいえ、長い歳月をかけた悲願がやっと果たされるのだ。

ほどなくして、若い男が現れた。

「報告を聞こう。プロポーズはうまくいったかな?」

きっと深い落胆をにじませ、生気のない顔で首を横に振るはずだ。怒りをあ

小説

たった今考えたプロポーズの言葉を君に捧ぐよ。

らわに怒鳴りさえするだろうか。殴られる可能性もある。でも、こちらはアバターだ。怒鳴られようが殴られようが痛くもかゆくもない。若い男が負の激情にさいなまれる姿を見る喜びが大きい。

しかし、若い男は満面の笑みで成功を告げた。あなたのおかげです、ありがとう。そんな言葉さえも口した。

そこで黒ずくめはやっと気がついた。いや、本当は薄々わかっていて、自分はそれをただ確認しにきただけだったのかもしれない。

人生を共に過ごそうと思えるかどうかの判断に、必要な要素は多岐にわたる。性格、容姿、収入、将来性——。もっと細かく、ものの好き嫌い、食事の食べ方、性への考え方なんてこともある。

すべてに対しての理想と天秤《てんびん》にかけ、どれくらい釣り合うかどうかが結婚には問われる。彼女にとってこの男はきっと、いいバランスで釣り合いがとれていたんだろう。

だから——

プロポーズが成功するか否かに、言葉など関係なかったのだ。

その31

Tatta ima Kangaeta Propose no kotoba wo Kimini Sasaguyo.

「僕と結婚して下さい‼」

その日、僕は生まれて一番の勇気を出して、彼女に告白した。

「ごめんなさい」

しかし、返ってきたのは、お断りの返事だった。

「私は嬉しいんだけど……でも家族が許さないと思うの。うちの家族、厳しいから……だから、ごめんなさい」

彼女は、諦めの表情を浮かべながら首を横に振る。

そんな彼女を見た瞬間、僕の心の中に浮かんだのは、告白の失敗から来る悲しみや絶望ではなく、怒りだった。

腹が立った。愛する彼女に、そんな顔をさせる自分に。

腹が立った。愛する彼女に、そんな顔をさせる家族に。

だから、言う。

「君の家族、僕が消しさってあげるよ。ダメですか？」

小説

たった今考えたプロポーズの言葉を君に捧ぐよ。

僕の決意を込めた本気の言葉。

しかし彼女は、顔を伏せてしまう。

「確かに、あの家族がいなくなれば、結婚できるかもしれないけど……」

「じゃあ！」

「でも消し去るなんて無理よ、絶対に無理」

「そんなこと、やってみないとわからないじゃないか！」

「だって……うちの家族、魔王軍だもん」

「こう見えて僕、腕には自信が……え？　魔王軍？」

おいおい、急におかしな単語が出てきたぞ。

「ま、魔王軍って……その、魔王の軍のことだよね？　今まさに、この王国を闇に包もうとしている……」

「その魔王軍よ。私のお父さん、魔王なの」

「じゃあ君、魔王の娘ってこと⁉」

「うん」

いや、『うん』で済む話じゃないよね？　君、自分の立場分かってる？

こんな田舎《いなか》の酒場でウェイトレスなんてしててもいいの？

「それと、お母さんは大魔王なの」

「大魔王なんてものまでいるの!?　初耳なんだけど!?」

「お母さんは、お父さんよりも立場が上なの」

おっと、魔王一家の悲しいヒエラルキーを垣間見《かいまみ》てしまったようだ。

「お兄ちゃんと弟と伯父さん、それとペットのポチが魔王軍四天王よ」

「ペットなのに四天王の一員なの？」

「だって。ポチはダークフェニックスドラゴンだから」

「ずいぶんと可愛らしい名前をつけたんだね!?」

もう少し外見に合った名前がよかったんじゃないかな。

「だから、無理よ。魔王軍には、あの伝説の勇者ですら苦戦しているんだもの。田舎の酒場のウェイターでしかないアナタには絶対無理」

いや。

「やって、やるさ」

「え？」

小説

たった今考えたプロポーズの言葉を君に捧ぐよ。

「プロポーズすると決めた時から、君の家族には挨拶に行くつもりだったんだ。大丈夫、予定通りだよ」

「でも、相手は魔王軍よ？」

「まあそりゃ、魔王軍なのは全くの予定外だけどさ……」

でも、決めたんだ。

確かにちょっと……いやかなり、予定の百倍以上規模は大きくなってしまったけど、それでも僕のやるべきことは変わらない。

魔王軍だかなんだか知らないが、『娘さんを僕にください！』と言いに行くだけだ。

「君の家族……魔王にも、大魔王にも、お兄さんにも、弟さんにも、伯父さんにも、ペットのポチにも認めてもらって来るよ！　だから、待ってて‼」

「あっ、ちょっと‼」

彼女の制止を振り切って、僕は酒場を飛び出した。

全ては、二人の輝かしい未来のために。

その32

Tatta ima Kangaeta Propose no kotoba wo Kimini Sasaguyo.

世界にはダンジョンと呼ばれる、過去の文明が遺《のこ》した謎の構造物が点在している。

手強《てごわ》い魔物や、危険なトラップが巣食うその構造物に、わざわざ好きこのんで挑む者たちがいた。理由は一つ、ときにダンジョンからは、一生食うに困らないほどの財宝が発見されるからだ。

男女二人組のパーティーは、とあるダンジョンを訪れた。構造物としての分類は、塔。円柱型の塔である。しかし、古くから「墓場」という呼び名が定着していた。

眼鏡をかけた男が、階段を上りながらつぶやいた。

「この壁に使われている石材を見ろ。この形状と紋様……。遺跡の中でも特に古い時代のものだ」

男より前を歩く、腰に銃をぶら下げた女は答えた。

「よくわかんないけど、確かに古いのは間違いないわね。強く殴ったら崩れそ

小説
たった今考えたプロポーズの言葉を君に捧ぐよ。

う。でも、墓らしきものはどこにもない。どの辺が『墓場』なのかしら」

「この塔自体が、巨大な墓石なのかもしれない」

「なるほど、ありえるわね。あるいは――」

女は目にも留まらぬ動きでホルスターから銃を抜くと、振り向きもせず天井に向けて三発撃った。

「キィイ！」

ほどなくして、弾丸に射抜かれた吸血コウモリの死骸が、パタパタと三羽落ちてくる。嚙《か》みつかれて血を吸われれば、ひとたまりもない。

「――結果的に、ここが墓場になった人が大勢いたのかも」

そう言って女は銃口に口づけするように、ふっと息を吹きかけた。

「すまない。君がいなければ、僕もそうなっていた。ありがとう」

「ビジネスよ。あたしは銃の腕を貸す。あなたは遺跡の仕掛けを解く。報酬は山分け。そういう約束でしょ、学者のお兄さん」

「ああ。報酬になるような宝がここにあるといいな」

「なきゃ困るわ。さ。さっさと確認しにいきましょう」

名うてのガンナーである女が魔物を追い払い、豊富な知識を持つ男が仕掛けを解く。二人は地道に「墓場」を上へと進み、夜になってついに、十階建ての塔の最上階へとたどり着いた。

最上階は外壁の一部が窓のようにくりぬかれ、外の景色が一望できるようになっていた。空にはきらめく星々、そして、地上には、このあたりの地域の特徴である「蛍光岩」によって彩られた山々が見えた。

「こりゃ絶景だ」

「景色なんて、一文にもならないじゃない。お宝はどこ？」

そうは言いながらも、女もその夜景に目を奪われていた。幼い頃から銃使いの村で育ち、獲物を撃っては肉を食らい、人を撃っては金品を奪い、生き延びることだけにしか価値を見出《みいだ》せなかった女にとって、それは初めて知る感動であった。

――この男といると、初めての感覚が増える。

例えば、さっきの言葉もそうだった。「ありがとう」だなんて、今まで女が組んできた下衆《げす》で卑劣な盗賊たちは一度だって口にしなかった。

小説

たった今考えたプロポーズの言葉を君に捧ぐよ。

「この柱に、何か仕掛けがあるのかもしれない」

男が中心の石柱を指さして言った。

「調べてみたら？」

「そうしよう。だが、外から怪鳥なり翼竜なりが襲ってこないとも限らない。見張っていてくれるか」

「もちろん」

――そうよ、ビジネスだもの。

――あたしはそのために雇われているだけ。

――こいつにとって、ただそれだけ。

女は柱を調べる男と背中あわせになり、未知の脅威が訪れるかもしれない空を警戒した。まばゆく輝く星々の光を映し、蛍光岩が淡く、それでいて色とりどりに輝いていた。

――この景色、今はあたしたち二人だけのもの、二人だけの時間……。

――だめだだめだ。余計なことを考えるな。

女は首を振って、警戒を強めた。特に、音に気をつける。空をはばたく魔物は、音を立てずに近づくことはできない。

――耳を澄ませ。

――敵が来るなら必ず、何か聞こえる。

――耳を澄ませ……。

「……君は……僕と結ばれる運命……」

聞こえてきたのは、後ろの男の声だった。

「……宝石箱よりも……大切な天使……」

女は思わず、握りしめていた銃を落とした。

――こんなあたしを、天使だなんて。

女は男に振り向いた。男は相変わらず、柱とにらめっこしていたが、女は構わず、その背中に言った。

小説

たった今考えたプロポーズの言葉を君に捧ぐよ。

「……あ、あなたも……どんな宝よりも輝き、あたしを照らし、導いてくれる……お日様のような人よ……」

「え？」

男が振り向くと、そこには瞳を潤ませ涙を流している女がいた。しかし同時に、今まで男が見たことのない、柔らかな笑みも浮かべている。

男は戸惑った。柱に彫られた文字を解読し、読み上げただけだったのだが、どうもこの女は、自分に向けられた言葉と勘違いしたらしい。

そして、学者は閃《ひらめ》いた。この景色と、彫られている文字から察すれば、遺跡の果たしていた役割に思い当たる。

――なるほど、「墓場」か。

ここは古い、古い遺跡だ。古い時代には、こんなことわざがあったと男は覚え聞く。

なんとやらは、人生の墓場だと。

ときめくプロポーズ
②

その33

Tatta ima Kangaeta Propose no kotoba wo Kimini Sasaguyo.

「愛してる。君を失いたくないんだ。受け取ってほしい」

差し出された箱の中には、きらきらと輝く指輪が収まっている。

彼はちょっと不安そうに眉を下げて、首をかしげた。

「ダメかな？」

「ダメ」

「え」

何を言われたのか理解できない、という顔で固まる彼。

やがて、その顔が絶望と悲痛に染まっていく。彼は私の前では情けない顔をよくするけど、過去一情けない顔だった。

しばらく黙って反応を待ってみたが、表情がぴくりとも動かないものだから、少し面白くなってきてしまった。小さくふふっと笑ってしまう。

「ごめんね。結婚はしたいし、指輪も嬉《うれ》しいよ」

私だってこの人のことを愛している。こんな顔をさせて、そのうえ笑うよう

小説

たった今考えたプロポーズの言葉を君に捧ぐよ。

では説得力がないかもしれないけれど。

「でも……指輪、二人で選びたかったから。ちょっと、大分……うーん、かなり、意地悪しちゃった。ほんとにごめんね」

指輪に視線を落とす。細身でシンプルな指輪は、きっと私の好みを考えて選んでくれたんだろう。その気持ちも、もちろん嬉しいのだ。

だけど大事な指輪だからこそ、二人で選びたかった。その時間も込みで、一生の宝物にしたかった。

「この指輪に不満があるわけじゃないんだよ。大好きなあなたが私のために選んでくれた指輪で、しかも私好みのデザインなんだから！　素敵な指輪、ありがとう」

「……ごめん」

彼の顔にはもう、絶望はなかった。だけど代わりに後悔が滲《にじ》み出《で》ていて、慌ててしまう。

「いやっ、今のは私が、私だけが悪いから！」

「でも僕は、この指輪を選ぶのがすごく楽しかったんだ。君だって、僕のことを考えながら選びたかっただろうなって……今、気づいた。ごめんね……」

ああ、過去一のしょんぼり顔が更新されてしまった。幸せな顔こそ更新されてほしいのに。

「ねえ、あのね。私もあなたを愛してるし、失いたくないと思ってる。一生隣にいられたら嬉しいなって思う。だけど私は、プロポーズに意地悪返して、あなたにそんな顔させちゃうような女で……それでも、いい？」

今度は私が不安な面持ちで首をかしげる番だった。

ただ純粋に、プロポーズと指輪に対して喜べばよかった。ありがとうとだけ伝えればよかった。

どうでもいい相手にならそういう対応だってできたんだろうけど、彼は私にとって大切すぎて、どうにも上手《うま》くいかない。いつ愛想を尽かされるか、と思っていたのに、プロポーズしてくれるなんて……こういうときにすら可愛《かわい》い恋人をやれない自分が、嫌になる。

「いいよ」

彼の目が、迷いなく、まっすぐに私を見た。

小説

たった今考えたプロポーズの言葉を君に捧ぐよ。

「だって全部、僕のことが好きだからだろ。僕の顔なんて、いくらでもめちゃくちゃにしていいよ。思ったことはなんでも言ってほしい。むしろ言ってくれないと嫌だ」

……好きだってことを、こんなにも信じてくれる人が他にいるだろうか。いないから、私はこの人と結婚したいのだけど。

「ありがとう。大好き、愛してる」

「僕も愛してる。婚約指輪、もう一ペア買いにいく？　今度は一緒に」

「ううん！　今の会話でもう十分！　めんどくさい女でごめんね」

「めんどくさくても好きだよ」

「ふふ、めんどくさいっていうの、否定してくれないとこ好きだよ」

一緒に買いにいっていたら、このやりとりはできなかった。人生は一度きりなのだから、そのときそのときの選択を愛する道を見つければいい。ただそれだけのことだったのに、本当にめんどくさいこと言っちゃったなぁ。

左手の薬指、彼がそうっとはめてくれた指輪は、世界一綺麗《きれい》だった。

その34

Tatta ima Kangaeta Propose no kotoba wo Kimini Sasaguyo.

「余りものの適当パスタがなんってこんな美味《おい》しいの……!?」

心底悔しそうに叫ぶ幼馴染《おさななじみ》に、僕ははんっと鼻で笑ってやった。

「そりゃあ、愛情たっぷり入ってるから」

「まぁたそういうこと言う」

ほんとに愛情いっぱいなんだけどな、とは言わないでおいた。

僕の幼馴染は、食べることが大好きだ。作るほうも大好きで、料理の腕はかなりのもの。忙しい僕の母親に代わり、高校三年間毎日弁当を作ってくれたが、一つも手抜きだと感じるものはなかった。

そんな彼女に影響を受けて、僕もちょっと作ってみるか、と試してみたのが同じく高校のとき。

「最初の頃はあんなゴミ生成器みたいな腕前だったくせにさぁ……」

唇を尖《とが》らせる彼女の言うように、僕の初料理はそれはもうひどいものだった。

彼女はそれをこてんぱんにけなしつつも、完食してくれた。いつも笑顔で食

小説

たった今考えたプロポーズの言葉を君に捧ぐよ。

べる彼女が、僕の料理だけはこれでもかと顔をしかめて食べていたのがどうにも嫌で、彼女好みの味を研究し続け、今に至る。

「なんで私の作ったやつより私好みなわけ？　意味わかんないもう！」

「キレながら食べないでよ。せっかく遠路はるばるやってきた幼馴染に、もうちょっと何かないの？」

僕たちは現在お互いに社会人で、彼女は東京、僕は京都で一人暮らし中だった。「久々に人の作ったものが食べたい」と今朝メッセージで愚痴られたので、すぐさま新幹線に飛び乗ってこいつの家にやってきたのだ。

「……とっても美味しいです。遠いところ、わざわざありがとうございます。交通費は払います」

「どうも。別に交通費はいらないから、僕が人の料理恋しくなったときに、今度は君が僕のうち来てくれる？」

「それはもちろん」

やった、と喜べば、彼女は呆《あき》れ顔《がお》をした後、ため息をついた。

「いやでもやっぱ、意味わかんないってー。悔しい」

大好きなものだからこそ、それに関するプライドも一際高いのだろう。なんで、どうして、とぶつぶつ考え込む幼馴染。

向かい側の席で頬杖《ほおづえ》をついて、僕はその顔をじっと眺めた。

僕がなぜ、彼女以上に彼女好みの料理を作れるようになったのか。なぜ今日みたいに、小さな愚痴一つで京都から東京まで飛んでくるのか。

気づいてくれるまで待とうかな、なんて気の長いことを思っていたけど、もう言ってしまったほうがいいだろうか。いいだろうな。

「理由、知りたい？」

「……知りたいって言うのも悔しい」

「なら言うけど、簡単だよ。僕が君のこと大好きだから。君を笑顔にすることだけ考えて料理してるから。ちなみに嘘《うそ》でも冗談でもない」

「へえ。……へえ？　へ？」

ぽかん、と目と口を開く幼馴染。

「君にとって僕の手料理は世界一なんだよ。後悔したくないだろ。結婚しよう」

付き合ってすらいないけど。まあ、これまで彼女のことを好きだった期間の

小説

たった今考えたプロポーズの言葉を君に捧ぐよ。

長さを思うと……一気にプロポーズくらいしてもいいはずだ。

長い長い沈黙の後、彼女は歯を食いしばるような、心底悔しそうな顔で答えをくれた。

「…………結婚しないと絶対後悔するから、結婚、する」

「よし！　じゃあ、こちらもどうぞ」

思わずガッツポーズを決めてから、彼女の大好物を冷蔵庫から取ってくる。愛情たっぷり、丁寧に作った林檎《りんご》入りのポテトサラダ。これは余りものじゃなく、僕が材料から買ってきた。

「プロポーズ受けなかったらこれが出てこなかったと……!?」

愕然《がくぜん》としながら、彼女は再び「いただきます」と手を合わせ、ポテトサラダを口に運んだ。途端にふにゃふにゃと幸せそうな顔になる。

こうやって一生、僕の料理で幸せになってほしいな、と思う。それで僕も幸せになれるから。

その35

そろそろプロポーズされるだろうな、と察していた。同棲《どうせい》を始めて数年経《た》つし、年齢的にもそろそろだ。

が、しかし――彼は間が悪かった。ことごとく間が悪かった。あ、プロポーズされそう、と感じたときには必ずなんらかの邪魔が入るのだ。

プロポーズ失敗（と私が認識しているもの）の回数が片手で数えられなくなった頃、我慢の限界が来てしまった。

「恋人はもうやめにしよう」

端的に切り出すと、彼の顔が絶望に染まった。

……しまった、これだと言葉足らずすぎる。そう気づいて、急いで付け足す。

「君のお嫁さんになりたいの」

「そ、そういうことか……よかった……。別れたいのかと思っ――あれっ？　よくないかも、プロポーズ先越された⁉」

せっかく顔色が戻ったのに、ショックでわなないている。かわいそうなこと

小説

たった今考えたプロポーズの言葉を君に捧ぐよ。

をしてしまった……。失敗回数を両手で数えられるうちは耐えるべきだったか。

固まってしまった彼を見つめながら、辛抱強く返答を待つ。

年の割に幼くも見える顔。笑うと片方にだけできる笑窪《えくぼ》が可愛くて、好きだ。

一番好きなのは、私を見るたび、本当に嬉しそうに笑ってくれるところ。どうしても笑えないときには、「ごめん、今元気ないから上手く笑えないです」と自己申告したうえで、静かに私の傍《そば》で元気を補充するところ。

時計の秒針が、一周、二周と回る。……さすがにそろそろ答えてほしい。

「いいって言ってよ」

ばつの悪い気持ちで促せば、ようやく彼の顔つきがはっとした。

「い、いいいに決まってる！　俺のお嫁さんになって！」

机の向こうから身を乗り出した彼が、私の手をぎゅううっと握る。それがすごく痛くて、だけど、幸せな記憶としてずっと残るだろうから、痛いよ、とは伝えなかった。代わりに私も力いっぱい握り返す。

きっと彼も痛かっただろうけど、何も言わず、おかしそうに笑うだけだった。

その36

Tatta ima Kangaeta Propose no kotoba wo Kimini Sasaguyo.

若い二人は結婚した。

プロポーズの言葉はこうだ。

「毎日幸せな記念日にしてみせるよ」

言ったのは男だが、女も同じような気持ちでいた。

式を挙げ、お互いの親族、友人、同僚たちに祝われながら、幸せな結婚生活が始まる。

二人は約束どおり、毎日を記念日と定めることにした。何の記念日なのか、毎日手帳に書き込んでいった。

ある日はこうだ。

「今日は、お散歩の途中でたんぽぽが咲いているのを見たの」

「そうかい。それじゃ、今日はたんぽぽ記念日だね」

またある日はこうだ。

「あっちの空を見てごらん。虹が出ているよ」

小説

たった今考えたプロポーズの言葉を君に捧ぐよ。

「あら、それじゃあ、今日は虹記念日ね」

　またまたある日はこうだ。

「どう。初めてパンケーキを作ってみたんだけど」

「うん。美味しいよ。それじゃあ、今日は――」

「「パンケーキ記念日だ！」」

　そんな具合で、手帳には幸せな記念日が書き込まれていった。

　しかし、夢に見ていた幸せな日々も、日常となってしまえば退屈と大差がない。何を見ても美しく映し出していたはずの瞳は次第に曇り、どんな些細《ささい》な出来事にも踊ったはずの心は次第に鈍くなった。

　ある日はこうだ。

「今日は、乾電池が安く買えたの」

「じゃあ、電池記念日にしようか」

　またある日はこうだ。

「ねえ、今日って何かあったっけ」

「うーん。さっきゴキブリが出た」

「じゃあ、ゴキブリ記念日でいい？」

「いいんじゃない」

またまたある日はこうだ。

「ねえ、今日はどうすんの？」

「なんでもいいよ」

「じゃあ、あんたがミルク買ってくるの忘れたから、激苦コーヒー記念日にしとく」

「なんだよ、謝っただろ」

そうして、幸せなはずの記念日はケンカの種にさえなり、いつしか手帳は忘れ去られていった。


月日は流れ、新居へ引っ越すことになった。理由は、三人目の家族がもうじき中学校に上がるからだ。

母の荷造りを手伝っていた娘は、本棚の隅に古い雑誌の陰に隠れるようにしてしまわれていた手帳を見つけた。

小説

たった今考えたプロポーズの言葉を君に捧ぐよ。

「幸せ記念日手帳……？　お母さん、これなに？」

「あら、なつかしい」

最後に幸せな記念日を書いてから今日まで「なつかしい」と思うくらいの月日が経ってしまっていた。

「へえ。たんぽぽ記念日、虹記念日、パンケーキ記念日……。うわあ」

「うわあって何よ」

「よっぽど幸せだったんだね。でなきゃ、こんなの毎日書けないよ」

「こんなのって言うな」

「特に覚えてる記念日とかないの？　一番幸せだった日とか」

「一番幸せだった日か」

母は少し考えてから言った。

「ない」

「ないんかい」

「だって、あんたが生まれてからの全部の方が、ずっと幸せよ」

その37

Tatta ima Kangaeta Propose no kotoba wo Kimini Sasaguyo.

私は、感情というものが、他人よりも薄いのだと思う。

喜怒哀楽は備わっている。快く思うことも、反対に不快に思うことだってある。けれど、その度合いが、他人のそれよりも希薄なのだろう。

私の感情を強く動かすものは存在しない。

私にとっては、全てがそこそこ止まり。

ハンバーグはそこそこ好きで、ピーマンはそこそこ嫌い。

猫も犬も、そこそこ可愛いと思う。

友人たちも、家族のこともそこそこ好きだ。

いつも反応が薄いせいで、友人たちからは、クールで無感情なキャラクターとして扱われてはいるけれど、だからって周囲から浮いてしまっているようなことはない。たぶん。きっと。

そんな、全てがそこそこ止まりの私の世界の中で、最近、そこそこではない感情が生まれる瞬間があることに気が付いた。

小説

たった今考えたプロポーズの言葉を君に捧ぐよ。

それは、とあるクラスメイトの男の子と話している時だ。彼と話している最中だけ、私は自分でも説明できない感情に揺り動かされてしまうのだ。

「というわけで、この感情についてわからないから、知りたいと思っているの。君、わかる？」

わからないことは、聞いてみるのが一番だ。そう考え、休み時間中の男の子に直接聞いてみたが、彼はとても困ったというような反応を返す。

「え？　急に、というわけで、と言われても……」

「嫌？　嫌だったら無理にとは言わないけど」

「嫌というか……ごめん。話がいきなりすぎて、何の話かわからない。感情？知りたいって？」

なるほど。『というわけで』という便利な言葉を使用せず、この質問に至った経緯をしっかり語る必要があったようだ。ケアレスミスだ。

「たぶんだけど、僕に聞きたいことがあるってことだよね？　それに答えられるかはわからないけど……でも、こうやって君と話せるのは嬉しいよ」

「嬉しい？　それはどうして？」

「え？　えーと、それは……」

彼は、視線を私から逸《そ》らすとゴニョゴニョと何かつぶやく。その姿を見て、私の中にまた、説明できない感情が生じたのを感じる。

「……この感情。これの正体を知りたいの。君、わかる？」

「え？　うーん……ごめん。わからないよ。他人の感情なんて」

「そう……」

彼は、少しだけ申し訳なさそうな顔をした後、顔を上げる。

「でも、自分の感情のことならわかるから。それについてなら説明できると思う。僕は、君のことが好きなんだ」

「…………」

私は驚いた……と思う。

彼が私に告げたそれは、告白というものではないだろうか。

告白とは好ましいと思っている相手にするもの、ということは知識として知っている。知っているだけで、それに感情を動かされることはなかった。

しかし、今は違う。

何かが、私の中でざわめいている。

そこそこではない。全身が震えるほどに揺れ動く大きな何かが。

それが何なのかはわからない。説明できない。

だから、それを言葉としてはき出そうと、そう思った。

「私も――」

「え?」

「愛してる。この感情、永久にしたいの」

私がそう言うと、彼の顔が喜びに彩られた。

彼の抱えている喜びは、私には共感できなかったけれど。少なくとも、彼が喜んでいる、という事実は、私の心のどこかに波紋を呼んだ。

そして同時に、この揺らぎを、もっと感じたい、とも。

それは、きっと私がずっと欲しかったものだから。

その38

Tatta ima Kangaeta Propose no kotoba wo Kimini Sasagu yo.

僕の恋人は、いろんなことを深く考えすぎてしまう子だ。ちょっとしたことでも深く深く考え込むので、その悩み顔をじーっと眺めるのが好きだった。

慎重な彼女に助けられることが多い。逆に僕が助けられることもあるから、我ながらバランスのいいカップルだと思っている。

けれどそれはそれとして。……今のうちにでも勢いで結婚の約束をしておかないと、将来苦労しそうな気がすごくする。

ということで、手っ取り早く結婚の約束をしてしまうことにした。

「ほら、ゆびきりしよう。僕は君を幸せにしてみせる。君も僕を幸せにして。結婚しよう」

僕たちはまだ高校生だけど、絶対に彼女と結婚したい。約束は必ず守ってくれる子だから、ここで約束してしまえば後は機を見て籍を入れるだけだ。

「え、え?」

「君は僕のこと、好き? 幸せにしたいって思う?」

小説

たった今考えたプロポーズの言葉を君に捧ぐよ。

「す、好き！　幸せにしたいって思う」

オウム返しではあるけど、これについては悩まずに返してくれるのが嬉しい。

「それじゃあ、ゆびきり」

微笑《ほほえ》むと、彼女はあたふたしながらも小指をつないでくれた。

ゆびきりを終えてから、いつもの悩み顔に変わる。

「幸せ、とは……？」

普段なら、彼女なりの答えが出せるまで見守るところだ。悩んで悩んで、答えを出したときの満足そうな笑顔も大好きだから。

だけど今はどうしても、僕の答えを言ってしまいたかった。

「今この瞬間のことだよ」

にっこり笑った僕に、彼女は目を瞬いて。

そうしてほんの数瞬何かを考えただけで、「そうだね」と満面の笑みでうなずいてくれた。

その39

Tatta ima Kangaeta Propose no kotoba wo Kimini Sasaguyo.

ずっと、精いっぱい背伸びをしてきた。大好きでたまらない人が、何もかも完璧なすごい人だったから。

「あの日見たじゃじゃ馬な君も可愛い。ありのままの君を愛してる。結婚しよう」

――だからまさか、そんなプロポーズをされるとは夢にも思わなかった。

夜景の綺麗なレストラン。目の前には、とんでもなくかっこいい、私の恋人がいる。真剣なその表情に数瞬見とれてから、私ははっと我に返った。

「お、覚えてたんですか……!?」

彼と初めて出会ったのは、もう十年以上前だ。小学生だった私は、それはもう、彼の言う『じゃじゃ馬』という言葉がぴったりな子どもだった。大人になった今ですら、その性質が色濃く残っている自覚はある。

だけど彼に恋をしてから、彼の前じゃ必死に『じゃじゃ馬』部分を隠してきたのに！　私の告白にうなずいてくれたのだって、大人っぽくておしとやかな女性を装う私に好感を抱いてくれたからだと思っていた。

小説

たった今考えたプロポーズの言葉を君に捧ぐよ。

「初対面でカブトムシを自慢してくる女の子なんて、初めてだったから」

「うっ……嫌な『初めて』をいただいてたんですね……」

「嫌じゃない初めてって、たとえば君が僕の初恋とか、そういう？」

変な声が出そうになった。

だって、彼の周りには魅力的な女の子たちがいつもいっぱいいた。それで私が初恋？　……もしも万が一、あの初対面のときに好きになってくれたのだとしたら、年齢的にわからなくもない。あのときの彼も小学生だったし。

「そういえば……いつ私を好きになってくれたんですか？」

「自覚したのは、だいたい二年前かな。君に告白される直前くらいだよ。僕の前でだけ背伸びをしてくれるのが可愛いけど、僕だけが素の君を見せてもらえないのが悔しいと思って、それで気づいたんだ」

愛《いと》おしいものを見るような目で語られて、頬が熱くなってくる。プロポーズには動揺しすぎて顔を赤くする余裕もなか――そうだ、プロポーズ。頭から吹き飛んでいた本題をやっと思い出す。

「君は、僕と結婚するのは嫌？」

優しい微笑みで問われ、たじろいでしまう。

……彼は誰もが知る大企業の御曹司で、対する私はただの一般人。きっとこの交際も一時的なもので、いずれは別れなくてはいけないのだと思っていた。一緒にいられる今の時間を大切にしようと、毎日好きを伝えてきた。

なのに。彼と、私が、結婚？　嫌なわけがないけど、現実味もない。

——そう思ったとき、ガシャン、と彼のグラスが倒れた。みるみるうちに、ワインがテーブルクロスを赤く染めていく。

「ご、ごめん！　す、すみません、失礼いたしました」

大人っぽい微笑みが嘘のように、彼はあたふたと各所に謝った。私、すぐさま駆けつけてくれた店員さん、こちらに注目を向ける周りの人たちへ。

あらかたの片づけが終わる頃には、プロポーズの空気は微塵《みじん》も残っていなかった。彼は今まで見たことがないくらいしょんぼりと、「本当にごめんね」とうつむきがちに謝ってくる。

……それが、すごくすごく可愛らしくて。

だめだとは思ったけれど、ついぷっと噴き出してしまった。

「ふふ、あははは っ、ふふふ……！　案外あなたも、ふふっ、かっこ悪いところがあるんですね」

一度笑い始めると我慢ができなくて、高級レストランにそぐわないくらいに笑ってしまう。

「……君の前でだけだよ」

拗《す》ねたような口調すら愛しい。こんな彼は初めて見る。

彼の知らない私がいるように、私の知らない彼もいるんだろう。結婚ってたぶん……そういう彼を、少しずつ知っていくことができるんだ。

それはとても幸せなことだなぁ、と思いながら、私は弾《はじ》けるような笑みで応えた。

「でもそういうところも大好きだから、結婚したいです！」

——嬉し泣きをする彼、というのも初めて見ることができて、これからの生活がますます楽しみになった。

その40

Tatta ima Kangaeta Propose no kotoba wo Kimini Sasaguyo.

俺の大好きな先輩は、ツンデレである。ツンをデレとして認識しないとツンが多すぎる先輩だが、たまに真っ当なデレが来ると可愛すぎてびっくりする。

「どうせまた、生まれ変わっても、君を愛してるよ」

——たとえばこういう、爆弾みたいな特大のデレとか。

生まれ変わったら何をしたいか、というくだらない雑談をしていた。幽霊部員ばかりの文芸部で、今日は先輩と二人きりの活動。部誌に載せる話が行き詰まり、息抜きに適当な話題を出しただけだった、のに。

「……聞いてる？」

じとっと、三白眼気味な目が俺を睨《にら》みつける。

聞いてる。聞いてますが、あの。ちょっと今、今の言葉を脳に焼きつけるのに必死でなんも言えないんですよ、わかってください。

ということももちろん言えないので、どんどん拗ねた顔になっていく先輩の傍ら、俺は呼吸すら忘れかけながら、必死に先輩の声と言葉と表情を記憶に刻

小説

たった今考えたプロポーズの言葉を君に捧ぐよ。

みつけた。

今のはどこをどう取ってもプロポーズなわけだが……プロポーズっすか？　と茶化《ちゃか》したら、確実にしばらく口を利いてもらえなくなる。俺は賢いのだ。

なんとか動揺を鎮めた後、俺はちゃんと、正解だと思える言葉を返した。

「俺も何回生まれ変わっても先輩が大好きです愛してます……」

「……何回、とかわたしは言ってないんだけど。勝手に『も』って言わないで」

「えっ、言ってませんでしたっけ」

「言ってないのわかって言ってるでしょ。十川《とがわ》がわたしの言葉忘れるなんてないんだから」

「デレの過剰摂取……っ」

信じてくださいこの人は本当にツンツンツンツンツンデレなんだ。なんて、言いわけのような言葉が頭を走るが、もはや誰に信じてほしいのかもわからない、頭の中がめちゃくちゃだった。

先輩は呆れたように腕を組んだ。

「デレの基準が低すぎ。こんなんで喜ばれたら、わたしなんにも言えなくなるんだけど」

「そりゃ低くもなりますって……」

「今からなんにも言わなくなるね」

にっこり微笑んだ先輩は、宣言どおり無言になった。こういう子どもっぽいところが可愛い。これをめんどくさいと思うやつじゃ、この人とは付き合えないだろう。

「生まれ変わっても会える可能性って、どんくらいですかね」

「……」

「会えなかったらさすがに好きになれないよな〜、困るな……」

「…………」

「先輩に嘘つくことになるのも嫌なんで、何回生まれ変わっても、先輩に会える限りは先輩を好きになる、会えなかったら誰も好きにならない、って約束に変更はできますか？」

「できるわけないでしょ」

「やった、しゃべった」

小説

たった今考えたプロポーズの言葉を君に捧ぐよ。

睨みがきつくなるが、怒っていないことは見ればわかるので、怖くない。

「じゃあ変更せずに、何回生まれ変わっても先輩のこと大好きになるんで、先輩もよろしくお願いします。マジでよろしくお願いします。この約束破られたら俺、世界滅ぼすくらいの勢いで泣きわめきます」

「……必死すぎてかわいそうだから、仕方ないな。約束してあげる」

くすりと先輩が笑う。よかった、やっぱり怒ってなかった。

今の言い方、告白に対する返事を思い出す。『必死すぎてかわいそうだから、付き合ってあげてもいいよ』なんて、あからさまに嬉しそうな顔で言っていたのが可愛かった。

「……先輩ってもしかして、俺が必死になればどんなことでもやってくれるんですかね」

「さあ?」

絶対してくれるんじゃん……。この「さあ?」は肯定だ。俺にはわかる。

嬉しさに打ち震える俺を、先輩は楽しそうに眺めていた。

その41

Tatta ima Kangaeta Propose no kotoba wo Kimini Sasagu yo.

白いベッドに横たわっていた間宮《まみや》さんは、僕の姿が視界に入ると、まぶしいものでも見るかのように目を細めた。誰なのか思い出そうとしてるんだろう。

「あれ！　ひょっとして、中学で一緒だったユウ君？」

「え、すごい。覚えてくれたんだ」

「あたし記憶力いいもん」

そう言って彼女はクシャッと顔をゆがめて笑った。

それは、別に特別な存在だから覚えていたわけじゃない、と宣言したようなものだった。しかし、間宮さんに悪気はないのだろう。彼女はそういう素直な人だった。きっと今も変わっていないのだ。

「誰に聞いたの？」

「佐田《さだ》が教えてくれた。この病院に勤めてるんだろ」

「あいつめー。あんまり言いふらさないでほしいのに」

「間宮さん。……いや、今は白坂《しらさか》さんか」

小説

たった今考えたプロポーズの言葉を君に捧ぐよ。

「間宮でいいよ、別に。ほら、今や夫婦別姓の時代、時代」

「じゃあ、カレンちゃんって呼んでもいいかな」

「ふふふ。そんな積極的なこと言う人だったっけ。ユウ君って」

「言う人になったんだよ」

　嘘だった。ちょっとだけ強がった。

　もしかしたら、命の終わりの先にも、誰も知らない世界があるのかもしれない。だから、そこで間宮さんが思い出してくれるかもしれない僕に、格好をつけさせた。

　それからしばらく、中学の時の話をした。二人とも覚えていることもあったし、どちらかしか覚えていないこともあった。

　出なくてはならない時間が近づき、僕は間宮さんに言った。

「あの頃、カレンちゃんに言いたかったことがあるんだ」

「え、ちょっとなになにー？」

「今なら、はっきり言える」

　僕は、あの頃、間宮さんに伝えたくて、ノートに書いて声に出したりしながら練習して、でも結局言えなかった言葉を言った。

「僕は君に世界一キュンキュン、奪い去りたい」

間宮さんは笑った。

「ふふ。何それ、ダサい」

「でも、真剣にそう思ってたんだよ」

「そうなんだー。意外」

「今だって、ちょっとは思ってなくもない」

「そっか。そりゃ困るわ」

「ひどい」

「そっちだって、きっと困るんでしょう?」

「まあね」

「ふふふ。でも、嬉しい。ありがとう」


病室を出た僕は駐車場に戻ると、車の窓を軽くノックした。後部座席のドアが開いて、腰をかがめて乗り込んだ。

小説

たった今考えたプロポーズの言葉を君に捧ぐよ。

「話せたのか？」

運転席の男が言った。

「ああ」

「じいちゃん遅いよー」

そう言って助手席から身を乗り出して振り返る男の子を、運転席の男が「こら」と、たしなめた。

「いやいや、ごめん。ちょっと話し込んじゃってね」

「誰のお見舞いだったの？」

「友達だよ。じいちゃんがお前の兄ちゃんくらいの時の」

「えー、それってハイパー大昔じゃね？　てか、じいちゃんにそんな時代あんの？」

屈託のない顔で言う孫の頭を、僕はそっと撫《な》でた。

「誰にでもあるさ」

その42

Tatta ima Kangaeta Propose no kotoba wo Kimini Sasaguyo.

大学に入って、気の合う女友達と出会った。俺がいわゆるいいところの坊ちゃんだということを知っても、全く態度を変えず、ちょうどいい距離感で付き合いを続けてくれた。

『そんなこと、って言ったら不快に思うかもしれないけど、あたしにとってはそんなことなんだよね。一緒にいると楽しい、だから友達でいる、だから友達でいたいと思ってもらえるように努める。それだけ』

そう言って、からっと笑う彼女に恋をした。それが大学一年のとき、つまり三年前のこと。告白も何もせずに、もうそろそろ卒業が迫ってきている。

「……俺、卒業後お見合いするんだよね。政略結婚ってやつ」

卒論発表会の打ち上げと称し、彼女と二人きりでやってきたフレンチレストラン。友達の誰にも言っていなかったことをつい漏らしてしまったのは、きっと俺の未練だったのだろう。

少しでも、ほんの少しでも彼女がショックを受けてくれれば、それだけで俺は、知らない女性との結婚も文句なく受け入れられるから。

そんな性格の悪い試し行為に対する、彼女の反応は。

「は?」

――ガチギレだった。

聞いたこともない声音に、「えっ、何?」とあたふたしてしまう。彼女はナイフとフォークを置いて、鋭い目つきで俺のことを睨みつけてきた。

「何、じゃない。おまえどう考えたってあたしのこと大好きなのに、親に言われたからって他の女と結婚するの?」

「……気づいて、たのか」

呆然《ぼうぜん》とする俺に、彼女はふん、と鼻を鳴らす。

「当たり前でしょ。あんな目で見られて気づかないのは、相当な鈍感だけだよ」

……どんな目してたんだ、俺。

「別に、雅斗《まさと》が本当にそれでいいって言うなら止めないけどさ。今のあたしはただの友達なわけだし、止める資格もない。けどその資格をくれるって言うなら、あたしは止めるよ。止めたい理由ならあるから」

真剣な、真摯な目だった。

心臓が音を立てる。この目は、期待していいのだろうか。

……でも期待したところで、その期待どおりだったところで、俺は敷かれたレールの上しか走れない、無力な男だ。力なく首を振る。

「無理だよ」

「敷かれたレール、って言葉、前に使ってたことあるよね。またそれで諦めてるの？」

内心に浮かんでいた言葉を言い当てられて、ぎくりと肩が跳ねる。

彼女の前でそんな話をしたことがあっただろうか。覚えていないくらいだから、たぶん酒の席で軽く言っただけだ。

……それを彼女が覚えていたのは。腹に据えかねたから、なんだろうか。

「金持ちなのを鼻にかけないとこも、気遣い屋なとこも、たまにめんどくさいくらい弱気なとこも、あたしのこと大好きなとこも、いろいろ。全部好きだよ。友達としてじゃなくて、恋愛対象として好き」

まっすぐに伝えてくれる言葉が、諦めきった心臓を高鳴らせる。

小説

たった今考えたプロポーズの言葉を君に捧ぐよ。

俺は彼女が好きだ。彼女も俺が好き。……それで完結する話だったら、よかったのに。

なおも諦める俺にとどめを刺すように、彼女は続けた。

「運命なんてクソくらえ。愛してる。好きって言ってよ。幸せにしてみせるから」

そう言い切る彼女は、とてつもなく格好よかった。

格好よすぎて、俺はもう「好きだ」「俺も幸せにしたい」「もう幸せだ」「好きだ……」と思いついた単語をぽんぽんと口にすることしかできなかった。

「そ、そこまで言えとは言ってない！　でも幸せにする！　今もう幸せだって言うならもっと幸せにするから！」

顔を真っ赤にして叫ぶ彼女を、衝動的に抱きしめる。

俺の胸の中、「個室じゃなかったら突き飛ばしてた……」とくぐもった声で言われたのは、照れ隠しと本気が半々だろう。

その43

Tatta ima Kangaeta Propose no kotoba wo Kimini Sasaguyo.

抜けるような青空の下、圧倒される数のひまわりが咲き誇っている。黄色、茶色、緑。一面のひまわり畑に、隣にいた彼女は「すっごい！」とはしゃぎ声を上げた。

「綺麗だねぇ。ゆーくん、連れてきてくれてありがとう」

にこにこ笑う彼女にほっとする。最近仕事で疲れていたようだったから、元気が出るようにとデート場所を考えたけど、大正解だったようだ。

僕は夏場はできるだけ外に出たくないし、疲れてるときには家でゆっくりとしたい人間だ。だけど彼女はそうではない。どうして僕と付き合ってくれているのかわからなくなるくらい、彼女は明るくて活発な子なのだ。

「お日様まぶしぃー。帽子被《かぶ》ってきてよかったな。張り切って麦わら帽子なんて買っちゃったけど、どう？　可愛い？」

麦わら帽子のつばを指先で持ち、彼女はいたずらっぽく微笑む。

「可愛いよ」

小説

たった今考えたプロポーズの言葉を君に捧ぐよ。

本音なのに棒読みになってしまった。けれどちゃんと伝わったようで、嬉しそうにふふっと笑ってくれる。その笑顔は、視界に映るすべてのものの中で、一番まぶしかった。

すっと、息を吸う。

そろそろ、そういう時期だと覚悟を決めていた。シチュエーションもきっと彼女好みなのだから――あとは、まっすぐに伝えるだけ。

「君は僕の太陽なんだ」

麦わら帽子の下、大きな目が、ぱちりと瞬く。

「君のまぶしい笑顔を、これからもずっと守るよ。……愛してる。結婚しよう」

心臓がばくばくとうるさい音を立てている。人生で一番、緊張してる。

彼女は呆《ほう》けたように黙っていたけれど、次第にその顔には、満面の笑みが浮かんでいった。

「嬉しぃ！　私も愛してる！」

勢いよく、飛びつくように抱きつかれる。ぶわりと風にあおられて、麦わら帽子が宙に舞った。

上手くできた映画のワンシーンみたいだ。そう冷静に思ってしまうのは、きっと嬉しすぎて頭がショートしているからだった。

「私が太陽なら、ゆーくんはお月様かな。私がいっぱい輝けば、ゆーくんも輝いてくれる?」

「……たぶん」

「あははっ、そこは自信ないんだ」

自信なんてあるわけがない。でも彼女はあまりにもまぶしいから、その隣にいるからには、月くらいの光は返さなければいけないだろう。

彼女の体が離れた。帽子を拾って土を払うと、ん、と笑顔で頭を差し出された。……もう一回被せればいいのかな。汚れ、ちゃんと取れてるといいけど。

そうっと被せて、真剣にバランスを整える。そうしている間に、彼女はぐっと背伸びをして、僕にキスをしてきた。

唇にふれたやわらかい感触は、すぐに離れていく。

ぽかんとする僕に、彼女はにんまりと笑った。

「んふふ、いきなりごめんね」

小説

たった今考えたプロポーズの言葉を君に捧ぐよ。

「…………びっくりした」

「だよねぇ、ごめんね。したくなっちゃって、我慢できなくて」

ただでさえ暑いのに、彼女のせいで熱まで上がってきた。僕も帽子を買ってくればよかったかもしれない。

「……私がずっとずっと、ゆーくんのことも輝かせられたらいいな」

大切な願い事を口にするように、彼女はつぶやく。

「輝くってつまり、幸せになるってことだからね。幸せな人はみーんな輝いてるんだから」

「……ああ、そういうことか」

ちょっと意味をはき違えていたみたいだ。

納得の声を上げた僕に、彼女は首をかしげる。

「それなら絶対、ずっと輝けるよ」

――自信満々に答えたら、またキスをされた。

ゲストのプロポーズ

その44

Tatta ima Kangaeta Propose no kotoba wo Kimini Sasaguyo.

元凶・原案：ホープ
作：ニコライ・ボルコフ

僕は悩んでいた。

それは現在付き合っている彼女への結婚のプロポーズの言葉だ。

いや、普通だったらするかどうかやシチュエーションを悩むのであって言葉で悩むのは珍しいのかもしれない。ただ、僕はどうしても彼女へのプロポーズの言葉は最高のものを用意しなくてはならなかった。

なぜなら僕は貧乏で、彼女は富豪の娘だからだ。

今日日《きょうび》身分差の恋だなんてありきたりで面白くないかもしれない。ただ、僕にとっては重大な問題だった。

これが恋愛ドラマだったらプロポーズして結ばれて終わりかもしれないが、現実は結ばれる前よりも結ばれた後のほうがはるかに長い時間を過ごす。

小説

たった今考えたプロポーズの言葉を君に捧ぐよ。

その長い人生を僕と共に過ごしてほしいという思いを、ありきたりな言葉で伝えることは僕にはできないし、なにより貧乏な僕は豪華な指輪やディナーなどを用意することはできなかった。

だからせめてプロポーズの言葉だけでも最高のものにしようと心に決め、思い悩んでいるのだ。

僕は考える。最高のプロポーズの言葉とはなにか。

やはり共に歩んできた僕ら二人だからこそ意味のある、想《おも》いが伝わる言葉にしたい。

それでいて長くならず、想いを凝縮した文章でありたい。

また、過去ではなくこれから歩む未来へ向けた言葉にしたい。

では、そうするために僕と彼女の間にはどのようなプロポーズが適切なのだろうか？

僕と彼女の恋を一番燃え上がらせた要素はやはり身分差だろう。

全く違う生活をしてきた二人が、互いの価値を認め合い、惹《ひ》かれ合ったのだ。

ただ、結婚という観点から言うとそれは最大の障害へと変わる。

僕と彼女が結婚するとなると彼女の両親は認めないだろうからだ。

そのため僕と一緒になるには彼女と駆け落ちのような結婚となる。

それは生まれた時から……赤ちゃんの頃から勝ち組だった、薔薇色《ばらいろ》の人生だった自分の人生を捨てて、貧しい僕と歩むことになる。

僕はそれを彼女に強制していいのだろうか？　と過去には悩んだ。

だが、僕は彼女と一緒にいたい。そうなったとしても彼女を幸せにする覚悟がある。

捉え方によっては彼女の運命、人生をぶち壊しているかもしれないが、僕はそのうえで自分こそが彼女を幸せにできると信じている。

その想いをプロポーズの言葉に乗せよう。

そしてもう一つ、僕が考えなければならないことがある。

そう、それは彼女の両親だ。

彼らは僕と彼女の結婚を認めないだろうが、だからといって憎んだり、ないがしろにしていいわけがない。

彼女の幸せを一般論的に考えたら認めないのが普通だし、彼女の両親は宝石

小説

たった今考えたプロポーズの言葉を君に捧ぐよ。

のような彼女をずっと大切に育ててきたのだから。

だから僕と一緒になるのは彼女の両親からしたら裏切り行為なのかもしれない。ただ、僕はそれでも彼女と結婚したい。

その想いも彼女に伝えるプロポーズの言葉に乗せたかった。

宝石のような彼女を育てた……いわば宝石箱のような両親を悲しませることはわかっていないのではなく、知った上で君にこの言葉を伝えていると。

……悩んでいるのが馬鹿らしくなってきた。

最初から僕の想いは決まっていて、それをそのまま口に出せばいいのだから。

そうと決まれば一刻も早く彼女に想いを伝えたい。これからの人生を二人で歩む覚悟の言葉を。

僕は今すぐ彼女のもとへ駆け出して、こう言った。

「バラ色赤ちゃん運命ぶち壊して君の宝石箱悲しみ～!!」

その45

Tatta ima Kangaeta Propose no kotoba wo Kimini Sasaguyo.

作：ニコライ・ボルコフ

一体私は何を答えればいいのだろう。

学校の体育館裏、私の目の前には真っ赤な顔をして頭を下げている男子生徒がいる。手紙で呼び出され、このような状況になっているのだ。

状況から見て告白……されているのだろう。だが私は非常に困っていた。

断るか断らないかではない。どう断れば傷つかないかな、とかでもない。

なぜなら彼は私が現れると頭を下げてこう言ったからだ。

「マスーパー」

マスーパー？？？？　意味が分からない。何を言っているんだ。

いや、状況からして告白なのだろう。告白だろうと思うのだが言葉が意味不明すぎる。なんだマスーパーって。

なにかの略語か……それとも私の知らない最近の若者言葉か……？

小説

たった今考えたプロポーズの言葉を君に捧ぐよ。

短い言葉だからなにかを略した言葉なのだろうと私はあたりを付けた。

マスーパー……「マジ好きですすパナい」という意味か？

いや、だったら好きですすでいいだろ。そんな訳はない……。

「マンドラゴラスーパーで売ってたよ」という意味か？

確かにそれは危険だ。すぐに知らせなければいけないだろうし、顔が赤いのもマンドラゴラの影響かもしれない。

でもそんなことならもっと校内放送とかすべきだ。放課後の校舎裏で私にだけ伝えるなんてことは意味がわからない。ちがうだろう。

「マリッジスーンパートナー」……これか？

直訳すると結婚してください……か？　一番近い気がするが私たちは学生だ。気が早すぎるだろう。

「マスオさんパートナーになってください」……いやいやこれはないだろう。

私は別にマスオという名前でもない。というかプロポーズの文章でマスオって文章を作ろうとするなよ。

というか私がなんでこの意味不明なプロポーズをしてきたコイツの真意をく

み取らなきゃいけないんだ。よく考えたら腹が立ってきたぞ。

というか開口一番「マスーパー」ってなんだ「マスーパー」って。

実際告白するにしても、もっと導入とか雰囲気作りとかあるだろう。

というかマスーパーになにか意味があったとしてもそれでいけるつもりだったのか？　どういう計算式でこのプロポーズに至ったんだ。

恋が盲目とは言うが盲目になりすぎだろう。

「全く……好きな人の前だと脳がパーになる」な……これか⁉

あとがきに代えて

Instant Propose

作業机に置いてある「たった今考えたプロポーズの言葉を君に捧《ささ》ぐよ。」の箱を開けて、試しにプロポーズの言葉を作ってみる。出来上がったプロポーズの言葉からストーリーを考えてみる。

うーん……なーんにも思い浮かびません。

『小説　たった今考えたプロポーズの言葉を君に捧ぐよ。』を読み終えた直後、興奮を抑えきれず、僕もチャレンジしてみましたが、このありさまです。小説版は正統派恋愛ものからコメディ、ホラーまで多種多様な物語がギュッと詰まった一冊で、とても面白く刺激を受けました。

初めまして、daipoです。アナログゲーム『たった今考えたプロポーズの言葉を君に捧ぐよ。』の制作者です。

この本を手にとっていただいているということはゲームのことはご存じかも

小説

たった今考えたプロポーズの言葉を君に捧ぐよ。

しれませんが、知らない人のために少し説明させていただこうと思います。

『たった今考えたプロポーズの言葉を君に捧ぐよ。』は２０１７年の秋のゲームマーケットで僕が発表したアナログゲームです。

ルールはいたってシンプルで、プロポーズに使われそうな様々な言葉が書かれた12枚のカードを制限時間内に自由に組み合わせて、即興でプロポーズの言葉を作り上げ、親プレイヤーにプロポーズするというものです。

プロポーズするほうも、されるほうも、ちょっぴり嬉《うれ》しいハッピーなゲームだと僕は思っています。

勝っても負けてもギスギスしないゲームを作りたかったわけですが、まぁ、さほど受け入れられるものでもないだろうと思い、家庭用プリンターで17セットだけ作って販売しました。

そんなゲームが数年の時を経て、今をときめく作家さんたちに小説を書いていただくことになるなんて、その時は夢にも思っていませんでした。

ことの始まりは昨年のある日、弊社 ClaGla のお問い合わせフォームに一通のメールをいただきました。その内容はなんと「『たった今考えたプロポーズの言葉を君に捧ぐよ。』をノベライズしませんか」とのこと。しかも送り主はあのKADOKAWAさん。もうテンション爆上がりです。「ノ、ノベライズ?! いったいどんなものが出来上がるの?! 読みたい!」興味津々で快諾しました。あのときの興奮は凄《すご》かったですね。

そして待ちに待った『小説 たった今考えたプロポーズの言葉を君に捧ぐよ。』を読ませていただいたわけですが、面白かったのはもちろんのこと、本書は面白い気づきを与えてくれました。それは、これまでゲーム中に誕生した全てのプロポーズの言葉にも、本書に紡ぎ出されたようなストーリーが存在していたのかもしれないということです。

これはゲームのポテンシャルが引き出されたことを意味していて、今後ゲームを遊ぶ際に、プレイの幅がグッと広がったと思います。

皆さんもゲームをプレイする機会があれば、プロポーズの言葉の裏側に存在する物語を語り合いながら遊んでみるのも一興ではないでしょうか。

小説

たった今考えたプロポーズの言葉を君に捧ぐよ。

最後に、この企画を発案していただいたＫＡＤＯＫＡＷＡの森谷さん、書籍化にご尽力いただいた全ての関係者の皆さん、そして難しいお題にもかかわらず、その手腕で見事にプロポーズストーリーを書き上げていただいた作家さんたちに、敬意と感謝を込めて、

こう言わせてくれ　僕にとって　世界一　最高の　本なのさ　愛してる

ありがとうございました‼

daipo

Profile

［原作］

daipo

株式会社ClaGla所属
ゲームデザイナー／イラストレーター
2015年にアナログゲーム制作サークルCRIMAGEでゲームマーケットに初参加。活動拠点は札幌。「手軽に遊べるパーティゲームづくり」をモットーにゲームを制作している。代表作は『たった今考えたプロポーズの言葉を君に捧ぐよ。』『どっちぼーい』『インナークロック』『4コマンガ』など。
趣味はゲームと石集め。

［イラスト］

moffmachi

女の子、動物、服飾雑貨をモチーフに絵を描く、東ゆうすけと影田ユウによるイラストレーターユニット。2015年より、ファッション誌をイメージしたようなオリジナルのイラストグッズを展開し活動。現在は書籍、グッズ、Youtube動画など様々な媒体のイラストを手掛ける。
2021年～『ラブライブ！スーパースター!! ちょこっとリエラ』をシリーズ連載中。

［ゲスト］

ニコライ・ボルコフ

TRPG動画投稿者・配信者。
2015年よりニコニコ動画にてTRPG動画の投稿を開始。
2021年よりYouTubeにて主にTRPGセッションの配信を開始。

［著者］

更伊俊介

担当話数… 1, 4, 5, 8, 13, 21, 22, 23, 24, 26, 27, 29, 31, 37

千葉県某大学卒の「更」と「伊」による2人組の小説家／漫画原作者／シナリオライター。2011年に『犬とハサミは使いよう』でデビュー。同作はTVアニメ化もされた。他代表作に『吾輩はモブである』／『鳴かせてくれない上家さん』（原作）／『スターオーシャン6 THE DIVINE FORCE』（シナリオ）。好きなボドゲは『カタン』『Blokus』など。

［著者］

関根パン

担当話数… 2, 6, 7, 9, 10, 16, 20, 25, 28, 30, 32, 36, 41

埼玉県出身。2011年に『キュージュツカ！』で第13回エンターブレインえんため大賞小説部門特別賞を受賞し、2012年に同作でデビュー。著作は他に『つまり、雑念の沙鳥さん。』『魔迷宮のセイレーンが歌いません』等。また「セパタクロウ」の名前でラジオ番組の構成を担当。朗読劇、コントの脚本も書く。未婚。

［著者］

藤崎珠里

担当話数… 3, 11, 12, 14, 15, 17, 18, 19, 33, 34, 35, 38, 39, 40, 42, 43

2011年よりweb上での執筆活動を開始。2022年、『5分で読書 全力の「好き」をキミにあげる』にてデビュー。主にめんどくさくて可愛い男女のめんどくさい恋愛を書いている。付き合うまでの過程が長ければ長いほど嬉しくなる生態を持つ。最近の気づきは、付き合っている2人のお話はすべての文章が惚気になること。

小説《しょうせつ》 たった今《いま》考《かんが》えたプロポーズの
言葉《ことば》を君《きみ》に捧《ささ》ぐよ。

2023年5月1日　初版第一刷発行

原作　daipo
著者　更伊俊介、関根パン、藤崎珠里
発行者　山下直久
発行　株式会社KADOKAWA
〒102-8177　東京都千代田区富士見2-13-3
0570-002-301（ナビダイヤル）
印刷・製本　株式会社広済堂ネクスト
ISBN 978-4-04-113792-5 C0093